MW01711042

À Joséphine et Camille.
Nathalie

CLÉOPHÉE DE TURCKHEIM & NATHALIE LE FOLL

GARDEN-PARTY

PHOTOGRAPHIES DE AKIKO IDA ET PIERRE JAVELLE

STYLISME DE EMMANUELLE JAVELLE

MARABOUT

AVANT-PROPOS

L'HISTOIRE COMMENCE À VAUVILLE, HAVRE DE PAIX PERDU AU FIN FOND DU COTENTIN. C'EST LÀ QUE, SUIVANT LE SAGE PRÉCEPTE DE VOLTAIRE, CLÉOPHÉE A DÉLIBÉRÉMENT CHOISI DE CULTIVER « SES » JARDINS ET DE PRENDRE DANS SA MAISON NORMANDE UN PEU DE RECUL SUR LA VIE PARISIENNE. C'EST LORS D'UNE FÊTE BLANCHE, ORGANISÉE À VAUVILLE, QUE NATHALIE ET CLÉOPHÉE SE SONT RENCONTRÉES. PAR CETTE BELLE SOIRÉE, LA FÊTE FUT UNE GRANDE RÉUSSITE. LES LAMPIONS DONNAIENT AU PARC UN ASPECT MAGIQUE, LES MULTIPLES BOUGIES ILLUMINAIENT TABLES ET BUFFETS MERVEILLEUSEMENT DÉCORÉS, SUR LESQUELS DE NOMBREUX PLATS AUSSI BEAUX QUE BONS ÉVEILLAIENT LA GOURMANDISE. L'AMBIANCE ÉTAIT DÉTENDUE ET JOYEUSE ET L'ON DANSA JUSQU'AU PETIT MATIN... C'EST AU COURS DE CETTE SOIRÉE MÉMORABLE QU'EST NÉE L'IDÉE DE FAIRE UN LIVRE SUR L'ART DE RECEVOIR.

ORGANISER ET PRÉPARER UNE FÊTE EST UNE MERVEILLEUSE OCCASION DE SE RETROUVER ENTRE AMIS OU EN FAMILLE. POUR CLÉOPHÉE ET NATHALIE, ORGANISER, INVITER ET RECEVOIR SONT UN VRAI PLAISIR. DANS CE LIVRE ELLES FONT PARTAGER LEUR PASSION DES BELLES ET BONNES TABLES, LIVRANT, CHACUNE DANS SON ART, LEUR EXPÉRIENCE DES GRANDES RÉCEPTIONS. QUE L'ON SOIT DIX, QUINZE OU VINGT, EN SOIRÉE, LA NUIT OU EN MILIEU DE JOURNÉE, AU JARDIN OU AU BORD DE L'EAU, DIVERSES MANIÈRES DE RECEVOIR SONT PRÉSENTÉES.

IL S'AGIT À PRÉSENT DE SORTIR VOTRE CAPE DE SUPER WOMAN. MAIS NE VOUS LANCEZ PAS POUR AUTANT DANS DE LA «GRANDE CUISINE» NI DANS DES PLATS COMPLIQUÉS, VOUS RISQUERIEZ D'Y PERDRE DU TEMPS ET D'Y LAISSER DES FORCES. LES BUFFETS ET TABLÉES PRÉSENTÉS DANS CE LIVRE SONT SIMPLES À FAIRE EN GRANDES QUANTITÉS ET PLAIRONT AU PLUS GRAND NOMBRE : PARENTS, AMIS, ENFANTS, AMIS D'ENFANTS, ENFANTS D'AMIS... ORGANISEZ-VOUS POUR QUE TOUT SOIT PRÊT À L'AVANCE AFIN DE PROFITER PLEINEMENT DE VOS INVITÉS ET QUE CETTE FÊTE RESTE GRAVÉE DANS LE SOUVENIR DE TOUS COMME UN JOLI MOMENT DE BONHEUR.

ILS ARRIVENT AUJOURD'HUI...

... POUR UN WEEK-END DONT VOUS VOUS RÉGALEZ À L'AVANCE. PRÉPAREZ-VOUS À COMPOSER AVEC LES CARACTÈRES RESPECTIFS ET LES ATTENTES DE CHACUN... PRÉVOIR ET ÊTRE PRÉVENANT, TELS SONT LES MOTS CLEFS POUR MOMENT RÉUSSI.

LES INVITATIONS

Vous avez fixé la date à grand renfort de messages et de coups de téléphone ? Vous avez soigneusement indiqué l'itinéraire routier ou la gare d'arrivée ? N'espérez pas pour autant savoir à l'avance combien vous serez exactement. On ne connaît le nombre précis de ses invités qu'au dernier moment !
Alors, un conseil, restez zen, car recevoir c'est avant tout savoir s'adapter à l'imprévu et composer avec les différents caractères de vos hôtes, y compris les plus fantaisistes... voire désinvoltes.

LES CARACTÈRES DE CHACUN

Eh oui, ce week-end vous aurez sûrement chez vous des amis qui ont changé dix fois leur heure d'arrivée ; des surmenés du bureau qui n'arrivent pas à décrocher ; des « accros » du téléphone portable qui vous écoutent d'une oreille distraite tout en consultant leurs messages ; des bricoleurs et jardiniers du dimanche qui veulent à tout prix tondre votre pelouse ou réparer la porte du garage ; des angoissés qui veulent connaître le détail précis du programme afin de ne surtout pas être pris au dépourvu... Peut-être votre joyeuse assemblée comptera-t-elle aussi de ces doux rêveurs qui arrivent en chandail sous la bruine normande en se croyant à Saint-Trop, ou bien une amie végétarienne qui ne comprend vraiment pas pourquoi vos fruits ne sont pas bio, ou encore un nouveau divorcé qui vous assure que tout va bien mais qu'il va falloir tout de même consoler... Quant à votre meilleure amie, après avoir annoncé sa venue pendant six mois, elle est enfin devant vous. Toute à votre joie, vous ne pouvez retenir un regard inquiet vers son labrador, rendu hystérique par trois heures de route, qui bondit du coffre pour ravager en deux coups de pattes les narcisses qui commençaient à sortir des plates-bandes. En somme, chacun arrive chez vous avec ses qualités et ses travers, sa bonne humeur ou sa mélancolie, son sérieux imperturbable ou sa fantaisie. A vous de mettre tout le monde à l'aise et de moquer gentiment ceux qui ont oublié les bonnes manières !

PRÉPARER LES CHAMBRES

Pour bien gérer un séjour, arrangez-vous pour que les lits des chambres d'amis soient toujours faits. Sortez des serviettes de toilette, des peignoirs, des savons, une bouteille d'eau minérale sur la table de nuit. Mettez à disposition, dans les placards des chambres, sèche-cheveux, sac et serviette de plage, nécessaire à chaussures, bouilloire et petit plateau avec quelques sachets de thé et de tisane, mugs, cuillères et sucre. Cela évitera à votre amie de traverser toute la maison les cheveux trempés, de prendre son nouveau sac monogrammé pour aller à la plage et de vous demander quelque chose toutes les deux minutes.

FAITES VISITER

Une fois vos invités arrivés, montrez leur sans tarder leur chambre. Pensez aux porte-valises, c'est l'idéal pour éviter de jeter les bagages et autres sacs sur les draps brodés de famille ! N'oubliez pas de mettre en évidence le guide touristique, les horaires des marées et le dernier Goncourt. Après vous être assurée que vos invités ne manquent de rien, laissez-les seuls un moment en leur donnant un petit rendez-vous autour d'un verre et leur présenter la maison. Profitez-en pour donner le ton de la tenue vestimentaire et indiquer qu'une veste est recommandée pour le soir. Le week-end peut commencer... Inutile de stresser. Pour garder calme et bonne humeur, ayez toujours à l'esprit qu'une fête ou qu'un séjour réussi ne sont jamais qu'une réunion de gens qui s'aiment.

Bonjour
Bonne Nuit
Bonjour
Bonne Nuit
Bonne Nuit

LES COURSES ET L'INTENDANCE

RIEN À FAIRE, VOUS N'Y COUPEREZ PAS : IL FAUT ALLER FAIRE LES COURSES ! POUR CE WEEK-END QUE VOUS VOUS APPRÊTEZ À PASSER AVEC VOS AMIS ET UNE RIBAMBELLE D'ADOS (VOS ENFANTS ET LEURS AMIS), IL VA FALLOIR ASSURER L'INTENDANCE.

ÉTAT DES LIEUX DES RÉSERVES

L'important est d'établir une liste aussi complète que possible des denrées indispensables. Trois colonnes à la une sur cette feuille : le tout-venant, le frais, le congelé. Avant de lister vos nécessités, faites un inventaire des stocks existants, cela vous évitera des dépenses inutiles. Au moment de partir, n'oubliez pas de prendre paniers et grands cabas pour ne pas vous lancer dans une collection de sacs plastiques polluante et pas très glamour.

LA GRANDE SURFACE

Vous venez de bondir des starting-blocks pour vous précipiter non pas chez le traiteur du coin, ni à l'épicerie du village ou à la supérette de la petite ville voisine, mais plutôt à l'hypermarché qui se trouve à vingt kilomètres de chez vous. Cette grande surface plus grande qu'un hangar d'Airbus est le seul endroit où vous trouverez en plein milieu des Causses du lait de noix de coco, de la sauce Kikkoman, des taccos et autres produits exotiques, internationaux, régionaux et du terroir. Bref, rien ne vaut ces kilomètres de linéaires pour varier les goûts des menus ! Profitez des promotions et des offres spéciales pour congeler ces produits, car hors saison les prix de certains produits sont vraiment attractifs.

FAITES DES STOCKS

En haut de la liste, commencez par les sacs à glaçons, faciles à utiliser (et à oublier). Poursuivez par les ingrédients et épices indispensables : moutardes variées, cornichons, câpres... ainsi que des sauces (chutney, concentré de tomates, sauce barbecue). Les boîtes de conserve ou les produits en bocal de verre contenant tomates pelées, maïs, lentilles, serviront toujours pour des salades improvisées tout comme les bonnes préparations charcutières en conserve feront de délicieux petits toasts en attendant le déjeuner. Les fruits en bocaux restent une solution pratique pour l'hiver tout comme les sorbets, glaces, coulis de fruits sont des desserts instantanés aux saveurs originales. Les produits congelés de marque offrent maintenant une qualité irréprochable et font gagner du temps tout en nous épargnant bien des larmes en épluchant les oignons ! N'oubliez pas que vous pouvez vous faire livrer !

LES TRÉSORS DU MARCHÉ

Le moment le plus agréable des courses reste le marché hebdomadaire du village ou du quartier, irremplaçable pour les produits frais. Panier en osier sous le bras, c'est le plus grand des bonheurs que de dénicher le meilleur fromager qui, avec son accent gouailleur, vous parle amoureusement de ses fromages. Le goût des salades brillantes à l'étal du maraîcher de campagne est incomparable. Et que dire de la terrine maison miraculeusement préservée des conservateurs, édulcorants, agents de sapidité et autres colorants trop souvent présents dans les produits emballés ? Quoi de meilleur que les œufs frais de la fermière au teint hâlé et aux yeux rieurs avec son panier d'échalotes et ses cagettes de fruits ?

QUE L'ON SOIT 8, 12, 16 OU PLUS

Dans ce livre, à part quelques exceptions signalées, toutes les recettes sont données pour 8 personnes. C'est plus simple de multiplier par 2, 3 ou 4 ou de diviser par 2 selon le nombre de convives. Cependant, il ne faut pas systématiquement multiplier par le nombre de convives. Sur un grand nombre de personnes, il faut aussi compter ceux qui ont de petits appétits. Pour 12 personnes, prévoyez les quantités pour 10, pour 30 personnes, comptez pour 24, etc. Les temps de cuisson sont plus difficiles à redéfinir en fonction du nombre de personne. Plus on est nombreux, plus le temps de préparation et de cuisson est long sauf pour une cuisson au four ou au barbecue. Il faut donc prévoir un peu plus de temps que le temps indiqué dans les recettes.

ORGANISEZ-VOUS

Lorsque vous composez vos menus, prévoyez de ne rien (ou presque) avoir à faire au dernier moment. Pas de sauces compliquées, pas de cuisson précise... Pour éviter d'avoir à découper des volailles juste avant le repas, demandez au boucher de le faire (il a les bons instruments) et vous n'aurez plus qu'à les disposer directement sur la lèche frite du four pour les cuire. Faites en sorte que la cuisine soit propre et rangée avant de passer à table. Débarrassez et rangez au fur et à mesure. Enfin, n'hésitez pas à demander de l'aide.

LES SECRETS D'UNE BONNE CAVE

VOUS ÊTES FIÈRE DES VINS QUI CONSTITUENT VOTRE FOND DE CAVE ET DONT LES BOUTEILLES REPOSENT SAGEMENT DANS LES CAISSES OU SUR LES RAYONS DES CASIERS ? PARFAIT, MAIS PRÉVOYEZ AUSSI UNE RÉSERVE DE VINS DE PAYS FRAIS ET GOULEYANTS QUI S'ADAPTENT À TOUS LES MENUS... ET À TOUS LES CONVIVES.

QUELS VINS ?

Que ce soit en grande surface ou chez les cavistes, on trouve une grande variété de vins français et étrangers d'un excellent rapport qualité prix. Et même si vous consommez habituellement avec modération, le temps des vacances est souvent le prétexte qui fait sauter les bouchons ! Vins de Loire, côtes-du-rhône, roussillon ou languedoc, tout comme les vins d'Alsace réservent de belles bouteilles. Faites donc provision de ces vins de terroir repérés lors des foires d'octobre et demandez conseil à un caviste avisé. Si vous achetez votre vin en grande surface par cartons de six bouteilles, n'oubliez pas de le goûter au préalable. On trouve aussi des vins jeunes, fruités et bien faits, présentés en Cubitainer, généralement de cinq litres. Là encore, après avoir testé la qualité du vin, vous le servirez dans des carafes, toujours plus esthétiques et pratiques qu'un emballage en carton.

LES QUANTITÉS

Comptez une bouteille pour deux personnes s'il s'agit de vin rouge, une bouteille pour trois si c'est du blanc, de même pour le champagne. Pour les ados qui apprécient le vin, réservez à leurs bouteilles une place spéciale dans votre cave, ils géreront ainsi leur stock en évitant de se servir dans le vôtre, et vous pourrez ainsi contrôler discrètement leur consommation. Ayez toujours quelques bouteilles d'avance, elles attendront sans broncher la première occasion d'être ouvertes.

QUELQUES IDÉES

Pour l'apéritif, choisissez des vins blancs ou rosés, secs et fruités que vous servirez bien frais à une température de 10 à 12 °. En été, quand il fait chaud, les vins se réchauffent vite, n'hésitez pas à les servir encore plus frais entre 8 et 10 °. Pour le déjeuner, continuez sur les roses très agréables en été ou privilégiez des vins rouges fruités, peu tanniques qui se marient avec tous les plats. Pensez aux bourgognes, aux vins de Loire, aux vins du Jura, au pinot noir d'Alsace. Réservez le champagne et les grands crus pour les fêtes et les dîners aux chandelles.

LES EAUX MINÉRALES, LES JUS ...

N'oubliez pas de remplir votre cave d'eau minérale, qu'elle soit plate ou gazeuse. Depuis quelques années, les rayons de supermarché offrent un choix important d'eaux minérales. Les jus de pomme seront servis dans une carafe accompagnés de tranches fines de quartiers de pomme, et les jus d'orange de rondelles émincées et de zestes d'orange et de citrons que vous laisserez macérer en surface de votre carafe avant de servir. Un thé glacé fait maison, aromatisé d'une ou deux feuilles de menthe, remplacera sans complexe les boissons toute prêtes du commerce. Et n'oubliez pas que verveine, menthe fraîche et autres infusions sont faciles à préparer et se dégustent aussi glacées. Les boissons aromatisées, les colas et les sirops plaisent beaucoup... trop aux enfants. Non seulement ces boissons coûtent généralement cher, mais elles sont fortement déconseillées par les nutritionnistes en raison de leur très forte teneur en sucre. Des jus de fruits frais remplaceront avantageusement les sodas et autres sirops industriels. N'oubliez pas que les enfants, après des jeux de plein air, étancheront leur soif avec ce qu'ils trouveront dans le réfrigérateur. À vous d'en surveiller le contenu !

DE L'ORGANISATION

IL Y A TOUJOURS UNE BONNE RAISON DE FAIRE LA FÊTE QUAND VOUS AVEZ DES AMIS CHEZ VOUS. PROFITEZ DE LEUR PRÉSENCE EN INVITANT D'AUTRES AMIS VOISINS POUR LE DÉJEUNER, AUTOUR D'UN BUFFET DANS LE JARDIN. SANS POUR AUTANT VOUS DÉGUISER EN CHEFTAINE, ORGANISEZ UN PEU, BEAUCOUP, VOIRE PASSIONNÉMENT CE DÉJEUNER.

LE BUFFET

Ce qui est important, c'est de bien choisir l'emplacement du buffet : pas trop loin de la cuisine et suffisamment accessible pour les invités, mais aussi pour vous-même, afin que vous puissiez servir et desservir aisément. Une grande table toute en longueur sera parfaite pour dresser le buffet. On comptera environ six mètres de buffet pour cent personnes. Des planches fixées entre elles et posées sur des tréteaux improviseront une table. Si vous n'avez pas de nappe aussi longue, vous trouverez chez les brocanteurs de très jolis draps anciens, de grande largeur, en lin écru ou en métis, qui feront un joli nappage, une fois rafraîchis et repassés.

L'AMÉNAGEMENT DU JARDIN

Prévoyez un assortiment de petites tables (table de bridge, guéridon, table d'extérieur) que vous dresserez dans le jardin, car rien n'est plus désagréable que de déjeuner debout. Ne disposez pas vos tables trop près du buffet, mais éparpillez-les plutôt sur la pelouse, sans oublier de sortir suffisamment de sièges. Du banc d'église aux chaises pliantes, des tabourets au mobilier en teck, du salon en rotin aux chaises de jardin, sachez vous débrouiller pour l'occasion et trouver quelques coussins pour les assises un peu trop dures.

LE COUVERT

Empilez ou alignez les verres à proximité des bouteilles. Placez des couverts dans des paniers, sur des plateaux ou dans des vases transparents, les serviettes en papier posées sur le buffet, avec un gros galet ou un beau rond de bois pour les empêcher de s'envoler. Vous pouvez aussi tout simplement les présenter dans des pots ou des paniers en osier. Disposez quelques petites piles d'assiettes posées çà et là, en réservant celles en carton pour le fromage et le dessert. Pour ne pas voir le buffet envahi par les détritus, placez discrètement une grande poubelle sous la table, cachée par la nappe.

LA DÉCO

Disposez quelques fleurs sur le buffet pour accueillir vos invités. Toutes les compositions sont permises : abondantes, fournies, champêtres, japonaises, minimalistes, unies, colorées ou pastel, verdure et feuillage, mélanges de fleurs, de fruits et de légumes. Là encore, laissez-vous guider par votre imagination. Une fois la décoration en place, vous attendrez le dernier moment pour disposer vos plats sur le buffet afin d'éviter l'assaut des insectes.

UN VERRE EN ATTENDANT

Accueillez vos hôtes en leur proposant de prendre un verre. Les présentations en seront largement facilitées. Une fois que tout le monde est là, invitez-les à se servir, en gardant toujours un œil sur la propreté de l'ensemble. Votre buffet doit être attrayant tout le long du déjeuner. N'hésitez pas à apporter plats et salades, en passant d'une table à l'autre, et profitez-en pour faire un brin de conversation, regarnir une corbeille de pains ou proposer à vos amis de se resservir.

GARDEN-PARTY

DE L'ORGANISATION

IL Y A TOUJOURS UNE BONNE RAISON DE FAIRE LA FÊTE QUAND VOUS AVEZ DES AMIS CHEZ VOUS. PROFITEZ DE LEUR PRÉSENCE EN INVITANT D'AUTRES AMIS VOISINS POUR LE DÉJEUNER, AUTOUR D'UN BUFFET DANS LE JARDIN. SANS POUR AUTANT VOUS DÉGUISER EN CHEFTAINE, ORGANISEZ UN PEU, BEAUCOUP, VOIRE PASSIONNÉMENT CE DÉJEUNER.

LE BUFFET

Ce qui est important, c'est de bien choisir l'emplacement du buffet : pas trop loin de la cuisine et suffisamment accessible pour les invités, mais aussi pour vous-même, afin que vous puissiez servir et desservir aisément. Une grande table toute en longueur sera parfaite pour dresser le buffet. On comptera environ six mètres de buffet pour cent personnes. Des planches fixées entre elles et posées sur des tréteaux improviseront une table. Si vous n'avez pas de nappe aussi longue, vous trouverez chez les brocanteurs de très jolis draps anciens, de grande largeur, en lin écru ou en métis, qui feront un joli nappage, une fois rafraîchis et repassés.

L'AMÉNAGEMENT DU JARDIN

Prévoyez un assortiment de petites tables (table de bridge, guéridon, table d'extérieur) que vous dresserez dans le jardin, car rien n'est plus désagréable que de déjeuner debout. Ne disposez pas vos tables trop près du buffet, mais éparpillez-les plutôt sur la pelouse, sans oublier de sortir suffisamment de sièges. Du banc d'église aux chaises pliantes, des tabourets au mobilier en teck, du salon en rotin aux chaises de jardin, sachez vous débrouiller pour l'occasion et trouver quelques coussins pour les assises un peu trop dures.

LE COUVERT

Empilez ou alignez les verres à proximité des bouteilles. Placez des couverts dans des paniers, sur des plateaux ou dans des vases transparents, les serviettes en papier posées sur le buffet, avec un gros galet ou un beau rond de bois pour les empêcher de s'envoler. Vous pouvez aussi tout simplement les présenter dans des pots ou des paniers en osier. Disposez quelques petites piles d'assiettes posées çà et là, en réservant celles en carton pour le fromage et le dessert. Pour ne pas voir le buffet envahi par les détritus, placez discrètement une grande poubelle sous la table, cachée par la nappe.

LA DÉCO

Disposez quelques fleurs sur le buffet pour accueillir vos invités. Toutes les compositions sont permises : abondantes, fournies, champêtres, japonaises, minimalistes, unies, colorées ou pastel, verdure et feuillage, mélanges de fleurs, de fruits et de légumes. Là encore, laissez-vous guider par votre imagination. Une fois la décoration en place, vous attendrez le dernier moment pour disposer vos plats sur le buffet afin d'éviter l'assaut des insectes.

UN VERRE EN ATTENDANT

Accueillez vos hôtes en leur proposant de prendre un verre. Les présentations en seront largement facilitées. Une fois que tout le monde est là, invitez-les à se servir, en gardant toujours un œil sur la propreté de l'ensemble. Votre buffet doit être attrayant tout le long du déjeuner. N'hésitez pas à apporter plats et salades, en passant d'une table à l'autre, et profitez-en pour faire un brin de conversation, regarnir une corbeille de pains ou proposer à vos amis de se resservir.

LA TABLE DES BOISSONS

SANGRIA ROSE

Pour 8 à 12 personnes
Préparation : 5 minutes
Pas de cuisson
Temps de macération : 4 heures environ

1 pêche
1 pomme
quelques fruits rouges
1 citron vert
2 à 3 bouteilles de vin rosé fruité
1 verre de liqueur de cassis
2 tiges de menthe ou de verveine fraîche

Lavez les fruits. Épluchez la pêche, coupez la pêche et la pomme en quartiers, laissez les fruits rouges entiers, coupez le citron vert en rondelles. Mettez les fruits dans un grand saladier, versez le vin et la liqueur dessus, ajoutez la menthe et laissez mariner au frais 4 heures environ.

NOTE Variez les fruits selon les saisons.

PAMPLEMOUSSE COCO

Pour 8 personnes
Préparation : 5 minutes

1 l de jus de pamplemousse
40 cl de lait de coco
1 citron vert
10 feuilles de basilic

Mélangez le jus de pamplemousse avec le lait de coco. Ajoutez le citron vert coupé en tranches, quelques glaçons et les feuilles de basilic. Complétez avec 75 cl d'eau plate ou de Perrier.

PACIFIQUE

Pour 8 à 12 personnes
Préparation : 5 minutes

1 l de jus d'ananas
20 cl de Cointreau
20 cl de Curaçao bleu
1 citron vert
quelques feuilles de menthe

Mélangez le jus d'ananas avec le Cointreau et le Curaçao bleu. Ajoutez des glaçons, des rondelles de citron vert et les quelques feuilles de menthe. Servez nature ou allongé d'1/2 litre d'eau.

ROUGE DÉSIR

Pour 8 à 12 personnes
Préparation : 5 minutes

1 l de jus de tomate
1 l de jus d'orange
quelques feuilles de menthe
quelques fraises
Tabasco

Mélangez le jus de tomate avec le jus d'orange. Ajoutez des feuilles de menthe, quelques fraises, quelques gouttes de Tabasco, des glaçons. Servez nature ou arrosé de vodka.

POMME POIRE PASSION

Pour 8 à 12 personnes
Préparation : 5 minutes

1 l de jus de pomme
1 l de jus de poire
1 citron jaune
30 cl de calvados ou de cognac
feuilles de menthe ou verveine

Mélangez le jus de pomme avec le jus de poire. Ajoutez un citron jaune coupé en rondelles et 30 cl de calvados ou de cognac. Décorez de feuilles de menthe ou de verveine.

VERVEINE ORANGER

Pour 8 à 12 personnes
Préparation : 5 minutes

10 tiges de verveine
3 cuillères à soupe d'eau de fleur d'oranger
1 bouteille de vin blanc sec ou rosé

Faites infuser la verveine dans 1 litre d'eau bouillante pendant 15 minutes. Laissez refroidir et filtrez. Ajoutez l'eau de fleur d'oranger. Placez au réfrigérateur et ajoutez avant de servir le vin blanc sec ou rosé très frais.

Cette boisson très peu alcoolisée est économique et très rafraîchissante.

DES AMUSE-BOUCHES

Brochettes de pêches et serrano

Pour 8 personnes
Préparation : 15 minutes
Pas de cuisson

2 ou 3 pêches jaunes fermes et pas trop mûres
4 fines tranches de jambon serrano
poivre du Sichuan

Épluchez les pêches, coupez-les en cubes. Coupez les tranches de jambon en quatre. Enfilez sur chaque brochette des cubes de pêche et des morceaux de jambon. Saupoudrez d'un peu de poivre du Sichuan.

Tartines de chèvre frais et avocat

Étalez du fromage de chèvre frais sur des tranches de baguette légèrement grillées, recouvrez d'une tranche d'avocat, salez, arrosez d'un filet de jus de citron et parsemez de piment d'Espelette.

Tartines de chèvre frais et fraises

Étalez du fromage de chèvre frais sur des tranches de baguette légèrement grillées. Recouvrez de fraises entières ou coupées en tranches, poivrez.

Les sablés de Bonne-Maman

Pour 10 personnes
Préparation : 15 minutes
Cuisson : 10 minutes

150 g de gruyère râpé
150 g de beurre
150 g de farine

Préchauffez le four à thermostat 7 (210 °C). Dans un saladier, mélangez la farine, le gruyère râpé et le beurre ramolli ; faites une pâte homogène. Sur une plaque allant au four préalablement beurrée, ou sur une feuille de papier sulfurisé posée sur une grille, faites avec cette pâte des petits tas espacés aplatis à la cuillère. Faites cuire 10 minutes jusqu'à ce que les petits sablés soient bien dorés. Servez-les tièdes car c'est ainsi qu'ils sont les meilleurs.

NOTE Vous pouvez remplacer le gruyère par du parmesan.

Poivronade

Pour 8 personnes
Préparation : 15 minutes
Cuisson : 30 minutes

2 ou 3 poivrons rouges
1 gousse d'ail
150 g de fromage de chèvre frais ou de faisselle égouttée
2 cuillères à soupe d'huile d'olive
1/2 cuillère de piment d'Espelette

Faites griller les poivrons au four ou sur le barbecue. Faites-les refroidir en les enveloppant dans du papier absorbant humide. Ôtez la peau et les pépins.

Mixez la chair avec l'ail, le fromage choisi, l'huile d'olive, du sel, du poivre et le piment d'Espelette.

Servez sur des tartines de pain ou en dip avec des crudités.

Guacamole

Pour 8 personnes
Préparation : 10 minutes
Pas de cuisson

4 avocats moyens
le jus de 3 citrons verts
2 petits oignons nouveaux
1/2 cuillère à café de gingembre frais râpé
quelques gouttes de Tabasco
12 brins de coriandre fraîche

Épluchez les avocats, écrasez la chair à la fourchette en incorporant au fur et à mesure le jus de citron, les oignons finement hachés, le gingembre et le Tabasco. Salez, poivrez, ajoutez la coriandre ciselée.

NOTE Vous pouvez aussi mixer le tout, mais la consistance purée écrasée est plus agréable.

Fromage blanc au curry

Pour 8 personnes
Préparation : 5 minutes
Pas de cuisson

1 échalote
1 pot de 250 g de fromage blanc
1 cuillère à soupe de curry en poudre
1 botte de ciboulette

Épluchez et hachez finement l'échalote et mélangez-la avec le fromage blanc, le curry et la ciboulette ciselée.

Servez avec des tranches de pain ou des tortillas chips, ou bien en dip avec des crudités.

NOTE Remplacez le curry par du ras el-hanout et la ciboulette par du basilic, de l'estragon ou de la coriandre ; vous obtiendrez à chaque fois des saveurs différentes.

Brochettes tomate, feta et melon

Pour 8 personnes
Préparation : 15 minutes
Pas de cuisson

1 beau melon
200 g de feta
16 tomates cerises
3 tiges de menthe ou de basilic
poivre du moulin

Épluchez le melon et coupez-le en cubes. Coupez la feta en cubes.

Faites des brochettes en intercalant melon, feta, tomates cerises et feuilles de menthe ou de basilic. Poivrez.

Concombre tapenade et concombre tarama

Pour 8 personnes
Préparation : 5 minutes
Pas de cuisson

1 beau concombre
100 g de tapenade
75 g de tarama

Lavez un concombre. Coupez-le en deux dans le sens de la longueur. À l'aide d'une petite cuillère, creusez le centre pour enlever les pépins en formant un sillon.

Remplissez le sillon de l'une des moitiés de tapenade noire ou verte, mettez du tarama dans l'autre. Il ne reste plus qu'à couper le concombre en tronçons.

Œufs brouillés à la piperade

Pour 8 personnes
Préparation : 20 minutes
Cuisson : 1 heure

12 belles tomates
6 poivrons verts
1 cuillère à soupe de piment d'Espelette
4 gros oignons
8 gousses d'ail
20 œufs
300 g de jambon de Bayonne
4 cuillères à soupe d'huile neutre

Épluchez et hachez les oignons puis faites-les blondir avec l'huile dans une grande poêle.

Pendant ce temps, pelez et épépinez les tomates, coupez-les en 4 et mettez-les dans la poêle. Épluchez et épépinez, à l'aide d'un couteau économe, les poivrons, coupez-les en morceaux et mettez-les dans la poêle. Ajoutez l'ail haché, poivrez, salez peu car le jambon est déjà bien salé. Laissez cuire 40 minutes environ en remuant de temps en temps. La piperade est cuite lorsque les tomates ne rendent plus d'eau et lorsque la préparation a pris la consistance d'une compote. Pendant ce temps, coupez le jambon en lamelles et faites-les dorer dans une poêle à part. Cassez les œufs, battez-les bien et versez-les dans la poêle, saupoudrez de piment d'Espelette, mélangez et laissez cuire jusqu'à ce que les œufs prennent. Ajoutez les lamelles de jambon. Goûtez pour vérifier l'assaisonnement.

NOTE Pensez à utiliser des tomates pelées en boîte, plus économiques, prêtes à l'emploi, qui sont souvent plus goûteuses que les fraîches. À servir sur de fines tranches de pain grillé.

Petites tomates farcies aux herbes

Pour 8 personnes
Préparation : 20 minutes
Pas de cuisson

2 petits oignons nouveaux
3 tiges d'estragon
1 botte de ciboulette
200 g de fromage de chèvre frais
2 cuillères à soupe d'huile d'olive
1/2 cuillère à café de curry en poudre
16 petites tomates ou 18 grosses tomates cerises

Épluchez et hachez les oignons. Ciselez les herbes. Mélangez le fromage de chèvre avec l'huile d'olive, l'oignon, les herbes et le curry.

Coupez les tomates aux deux tiers. Creusez-les délicatement et remplissez-les de fromage. Replacez le petit chapeau et laissez au frais au moins une heure avant de servir.

NOTE Pour une saveur différente, remplacez le curry par du piment d'Espelette.

Le pan con tomato de Cléophée

8 personnes
Préparation : 10 minutes
Cuisson au gril : 5 minutes

1 grand pain de campagne
2 tomates bien mûres
4 tranches de jambon de pays
huile d'olive

Faites griller légèrement des tranches de pain de campagne. Frottez-les avec une belle tomate juteuse coupée en deux. Salez, poivrez, arrosez d'un filet d'huile d'olive vierge extra bien fruitée. Servez les toasts encore tièdes, recouverts d'une fine tranche de jambon de pays ou d'un jambon serrano.

DES GRANDES SALADES

QUELQUES CONSEILS

Ne faites pas trop cuire les pâtes, les pommes de terre, le bulgour, le riz, etc. : l'assaisonnement achève la cuisson. Ajoutez les herbes juste avant de servir, ce sera plus joli et plus goûteux. Ne mettez pas les salades au réfrigérateur, cela nuit à leur goût ; faites-les plutôt attendre dans un endroit frais. Il est difficile d'être précis sur la quantité d'assaisonnement car certains légumes et féculents absorbent différemment les liquides : goûtez après avoir longuement mélangé, et rectifiez l'assaisonnement jusqu'à ce qu'il soit à votre goût.

TABOULÉ DE LENTILLES À LA MENTHE

Pour 8 personnes
Préparation : 20 minutes
Cuisson : 30 minutes

500 g de lentilles vertes
6 oignons nouveaux
1 botte de persil plat
5 tiges de menthe
le jus de 2 citrons
5 cuillerées à soupe d'huile d'olive

Mettez les lentilles dans une casserole d'eau froide, portez à ébullition, égouttez. Remettez-les dans la casserole, recouvrez-les largement d'eau chaude, salez et faites cuire 30 minutes environ. Égouttez de nouveau. Épluchez et hachez finement les oignons. Ciselez les herbes. Dans un grand saladier, mélangez les lentilles, les oignons et les herbes. Assaisonnez avec le jus de citron et l'huile d'olive. Mélangez, goûtez et ajustez l'assaisonnement le cas échéant. Servez frais.

CESAR SALAD

Pour 8 personnes
Préparation : 20 minutes
Cuisson : 2 minutes

5 œufs
2 salades (romaines)
2 gousses d'ail
15 filets d'anchois à l'huile
6 cuillerées à soupe d'huile d'olive
75 g de parmesan
75 g de croûtons frits
1 citron

Plongez les œufs 2 minutes dans de l'eau bouillante. Passez-les sous l'eau froide et écalez-les délicatement. Lavez, nettoyez, essorez les salades. Dans un grand saladier, pilez les gousses d'ail hachées avec les filets d'anchois, versez le jus de citron, l'huile d'olive et mélangez le tout pour obtenir une sauce homogène. Poivrez généreusement. À l'aide d'un couteau économe, prélevez des copeaux de parmesan. Au moment de servir, disposez les croûtons sur la salade, les copeaux de parmesan et les œufs. Mélangez la salade à table ; les œufs éclatent et se mélangent à l'assaisonnement.

NOTE Cette salade est encore meilleure si vous faites vous-même les croûtons. Il suffit de couper 5 tranches de pain de mie en cubes et de les faire dorer dans une poêle avec un peu d'huile d'olive.

SALADE TRÈS VERTE

Pour 8 personnes
Préparation : 20 minutes
Cuisson : 8 minutes

250 g de pois gourmands
250 g de haricots verts
1/2 tête de brocoli
300 g de petits pois écossés surgelés
1 grosse salade verte, batavia, scarole ou laitue
1/2 botte de ciboulette
1/2 botte de cerfeuil
3 cuillerées à soupe de vinaigre de cidre ou de jus de citron
5 cuillerées à soupe d'huile d'olive

Lavez et épluchez les pois gourmands et les haricots verts. Lavez le brocoli et détaillez-le en petits bouquets. Portez à ébullition une grande casserole d'eau bouillante et salée. Jetez-y les haricots verts et laissez-les cuire 3 minutes ; ajoutez les brocolis et les pois gourmands, continuez la cuisson 3 minutes puis ajoutez les petits pois. Quand l'eau recommence à bouillir, égouttez le tout. Lavez et essorez la salade. Ciselez les herbes. Préparez l'assaisonnement en mélangeant sel, poivre, vinaigre et huile d'olive. Dans un grand saladier, disposez d'abord les feuilles de salade, puis les légumes et les herbes, arrosez de vinaigrette mais ne mélangez qu'au moment de servir.

SALADE DE FUSILLI AU POULET

Pour 8 personnes
Préparation : 20 minutes
Cuisson : 1 heure

2 ou 3 blancs de volaille
5 belles tomates mûres et fermes
2 gousses d'ail
3 petites courgettes très fermes
2 branches de céleri
15 feuilles de basilic
4 cuillerées à soupe de mayonnaise
2 cuillerées à soupe de moutarde
2 cuillerées à soupe de vinaigre de cidre
750 g de fusilli
4 cuillerées à soupe d'huile d'olive
2 cuillerées à soupe de câpres au sel

Faites cuire les blancs de volaille 20 minutes à la vapeur. Coupez-les en dés.

Pelez et épépinez les tomates, coupez la chair en cubes et mettez-la dans un grand saladier avec les gousses d'ail coupées en deux. Ajoutez les courgettes lavées et coupées en petits cubes, les blancs de volaille, le céleri coupé en petits tronçons, la moitié du basilic ciselé. Versez la mayonnaise, la moutarde, le vinaigre. Mélangez le tout.

Faites cuire les fusilli dans une grande quantité d'eau bouillante et salée selon le temps de cuisson indiqué. Égouttez-les, passez-les rapidement sous l'eau froide et versez-les dans le saladier. Mélangez à plusieurs reprises jusqu'à complet refroidissement. Goûtez pour vérifier l'assaisonnement. Au moment de servir, ajoutez l'huile d'olive, les câpres rincées à l'eau froide et le reste du basilic ciselé.

NOTE Hors saison, remplacez les tomates par des tomates cerises, plus goûteuses. Cette recette est aussi une bonne façon d'utiliser des restes de poulet rôti.

Salade de pommes de terre aux herbes

Pour 8 personnes
Préparation : 30 minutes
Cuisson : 30 minutes

1, 5 kg de pommes de terre charlotte
3 pommes reinette
3 petits oignons nouveaux
1 botte de ciboulette
2 branches de céleri
3 tiges d'estragon
1 botte de cerfeuil
4 brins d'aneth
1 grosse cuillère à soupe de moutarde
2 petits pots de fromage blanc onctueux
1 verre de vin blanc sec
2 cuillerées à soupe d'huile d'olive
2 cuillerées à soupe de vinaigre de cidre

Faites cuire les pommes de terre à la vapeur ou dans de l'eau salée 30 minutes environ. Passez-les sous l'eau froide. Laissez-les tiédir. Épluchez-les puis mettez les dans un grand saladier. Salez, poivrez, arrosez de vin blanc puis mélangez.

Épluchez et hachez les oignons. Coupez les branches de céleri en petits morceaux ; épluchez les pommes, coupez-les en petits cubes, mettez le tout dans le saladier. Mélangez à part la moutarde, le vinaigre, le fromage blanc et l'huile d'olive. Versez sur la salade. Hachez finement toutes les herbes ensemble et mettez-les sur la salade juste avant de servir.

NOTE Selon le marché, vous pouvez varier les herbes.

Salade de bulgour et poulet au cumin

Pour 8 personnes
Préparation : 20 minutes
Cuisson : 20 minutes

500 g de bulgour
3 petites courgettes fermes
3 blancs de poulet ou de dinde
6 cuillères à soupe d'huile d'olive
1 cuillère à soupe de cumin en poudre
10 abricots secs
4 oignons nouveaux
2 citrons
1 botte de coriandre fraîche
15 feuilles de menthe

Faites cuire le bulgour à feu doux 20 minutes dans de l'eau salée, égouttez-le. Lavez les courgettes et coupez-les en cubes ; faites-les cuire 2 minutes dans de l'eau bouillante et salée, égouttez. Dans une sauteuse, faites cuire les blancs de poulet à feu doux avec 2 cuillères à soupe d'huile d'olive en les saupoudrant de cumin pendant la cuisson, salez, poivrez. Découpez-les en lamelles. Coupez les abricots secs en quatre. Mettez dans un saladier le bulgour, les oignons hachés, la courgette, les abricots secs et le poulet ; ajoutez le reste d'huile d'olive, le zeste d'un demi-citron et le jus des deux citrons. Incorporez les herbes ciselées et mélangez bien. Goûtez pour vérifier l'assaisonnement.

Salade de riz au lait de coco

Pour 8 personnes
Préparation : 20 minutes
Cuisson : 15 minutes

500 g de riz basmati
350 g de petits pois écossés
2 pommes
1 botte de coriandre fraîche
300 g de crevettes roses cuites et décortiquées
25 cl de lait de coco
1 cuillère à soupe de moutarde
1 1/2 cuillère à soupe de curry
2 cuillères à soupe d'huile
3 citrons verts

Mettez le riz basmati dans une casserole, couvrez-le d'eau froide salée, portez à ébullition et faites cuire à feu doux 2 minutes de moins que le temps de cuisson indiqué (environ 9 minutes). Égouttez le riz, rincez-le rapidement à l'eau froide, égouttez-le de nouveau. Faites cuire les petits pois (entre 3 et 5 minutes selon leur grosseur) dans de l'eau bouillante et salée ; égouttez-les. Épluchez les pommes et coupez-les en petits cubes. Mettez le riz et les petits pois dans un grand saladier, ajoutez les crevettes, les pommes et la coriandre ciselée, mélangez. Dans un bol, préparez l'assaisonnement : mélangez le lait de coco avec la moutarde et le curry, salez et poivrez. Ajoutez l'huile, le zeste finement râpé d'un citron vert et le jus des trois citrons. Versez sur la salade, mélangez. Goûtez pour vérifier l'assaisonnement.

Taboulé aux herbes

Pour 8 personnes
Préparation : 30 minutes
Pas de cuisson

500 g de graine de couscous
10 cl de jus de citron
75 g de raisins secs
1 botte de persil plat
15 brins de menthe fraîche
1 botte de cerfeuil
1 botte de coriandre
10 brins d'estragon
1 botte de ciboulette
15 brins de basilic
10 cl d'huile d'olive

Versez la semoule dans un grand saladier. Ajoutez le jus de citron, 3 verres d'eau chaude et l'huile d'olive. Laissez la semoule gonfler. N'hésitez pas à rajouter du jus de citron et de l'eau si vous trouvez que la semoule est trop sèche. Remuez de temps en temps. Faites tremper les raisins secs 30 minutes dans un bol d'eau tiède puis égouttez-les.

Quand la semoule est bien gonflée, coupez finement toutes les herbes et mélangez-les à la semoule. Ajoutez les raisins secs.

Salez et poivrez, mélangez bien. Goûtez pour vérifier l'assaisonnement et servez ce taboulé bien frais.

NOTE N'hésitez pas à mettre beaucoup d'herbes, le taboulé est bon quand il est tout vert.

DES POULETS PAR DIZAINE

Poulet aux deux citrons

Pour 8 personnes
Préparation : 15 minutes
Cuisson : 1 heure environ

2 beaux poulets fermiers
4 citrons confits
4 citrons frais non traités
4 cuillères à soupe d'huile d'olive

Préchauffez le four à thermostat 7 (210 °C). Mettez les poulets dans un plat. Coupez les citrons confits et les citrons frais en morceaux et répartissez-les autour des poulets. Salez et poivrez. Arrosez d'huile d'olive. Versez deux verres d'eau dans le plat.

Enfournez les poulets, retournez-les régulièrement et arrosez-les avec le jus de cuisson. Quand ils sont cuits, découpez-les et disposez les morceaux sur un plat en les entourant de quartiers de citron caramélisés.

NOTE Proposez à côté du poulet un plat de graine de couscous : préparez 750 g de couscous avec 75 cl d'eau, un jus de citron, 4 cuillères à soupe d'huile d'olive, 75 g de raisins secs, et 6 branches de menthe ciselée.

Poulet à la crème d'herbes

Pour 8 personnes
Préparation : 30 minutes
Cuisson : 1 h 45

1 gros poulet de 1,7 kg environ
25 g de beurre
2 cuillères à soupe d'huile
3 échalotes
1 verre de vin blanc
1 botte de cerfeuil
15 brins de persil plat
4 tiges d'estragon
10 feuilles de basilic
1 poignée de roquette
200 g de crème épaisse
1 cuillère à soupe de moutarde

Dans une grande cocotte, faites légèrement dorer le poulet de tous les côtés, sur feu doux, avec le beurre et l'huile. Ajoutez les échalotes ciselées, faites-les dorer puis versez le vin blanc. Salez, couvrez et laissez cuire 45 minutes. Pendant ce temps, lavez, essorez et hachez grossièrement les herbes et la roquette, mettez-les (sauf le basilic) autour du poulet, ajoutez la crème fraîche et la moutarde. Continuez la cuisson 20 minutes.

Retirez le poulet de la cocotte et découpez-le. Versez le jus récupéré dans la sauce, ajoutez le basilic ciselé et servez bien chaud, avec du riz, du bulgour ou de la polenta grillée.

Poulet au miel de Vauville

Pour 8 personnes
Préparation : 10 minutes
Cuisson : 1 heure

2 beaux poulets fermiers
250 g de miel

Préchauffez le four à thermostat 7 (210 °C) pendant un quart d'heure. Mettez les poulets dans un plat allant au four, badigeonnez-les uniformément avec 200 g de miel. Versez 2 verres d'eau dans le plat. Salez et poivrez.

Enfournez puis surveillez la cuisson en retournant régulièrement les poulets et en les arrosant avec l'eau et le miel du fond du plat.

Un quart d'heure avant la fin de la cuisson, badigeonnez le reste de miel sur les poulets et faites-les légèrement caraméliser.

NOTE Un miel parfumé donnera un goût original à vos poulets ; servez-les avec un riz agrémenté de feuilles de sauge finement hachées.

miel

ET QUELQUES TARTES

TARTE AU CURRY DE BŒUF

Pour 8 personnes
Préparation : 20 minutes
Cuisson : 50 minutes

750 g de steak haché
50 g de raisins secs
1 rouleau de pâte brisée
1 gousse d'ail
2 oignons
1 noix de gingembre frais râpé
2 cuillères à soupe de curry doux en poudre
2 œufs
50 g de chapelure
2 yaourts veloutés
1/2 botte de coriandre
50 g de pignons
2 cuillères à soupe d'huile

Faites tremper les raisins secs dans de l'eau tiède pendant 10 minutes. Étalez la pâte dans un moule à tarte de 30 cm de diamètre. Préchauffez le four à thermostat 6 (180 °C).

Épluchez et hachez l'ail et les oignons, faites-les revenir dans une poêle quelques minutes avec l'huile. Ajoutez la viande hachée et faites-la revenir en l'écrasant et en la remuant avec une cuillère en bois pendant 5 minutes ; la viande doit rester juteuse et ne pas être trop cuite. Retirez-la du feu, ajoutez le gingembre, les raisins secs égouttés, le curry, les œufs, la chapelure, les yaourts et la coriandre ciselée. Salez, poivrez, mélangez. Versez cette préparation sur la pâte, parsemez-la de pignons et faites-la cuire au four 40 minutes.

NOTE Servez cette tarte avec une salade verte assaisonnée d'huile de noix et de vinaigre de cidre.

TARTE AUX COURGETTES

Pour 8 personnes
Préparation : 20 minutes
Cuisson : 30 minutes

1 rouleau de pâte brisée
300 g de fromage de chèvre frais
150 g de crème fraîche
2 œufs
20 feuilles de basilic
5 petites courgettes fermes
50 g de parmesan râpé
3 cuillères à soupe d'huile d'olive

Préchauffez le four à thermostat 6 (180 °C). Étalez la pâte dans un moule à tarte beurré de 32 cm de diamètre. Fouettez le fromage de chèvre frais avec la crème fraîche, les œufs, du sel et du poivre. Ajoutez le basilic ciselé ; mélangez. Versez la préparation sur la pâte et recouvrez-la de fines tranches de courgette. Saupoudrez de parmesan râpé et arrosez d'un filet d'huile d'olive. Faites cuire 30 minutes au four.

NOTE Vous pouvez remplacer le basilic par de la menthe, de l'estragon ou du thym.

TARTELETTES CHÈVRE ET TOMATE

Pour 8 personnes
Préparation : 30 minutes
Cuisson : 20 minutes

12 petites tomates
300 g de pâte feuilletée
50 g de beurre
400 g de fromage de chèvre frais
3 œufs
30 cl de crème liquide
5 brins de thym
3 cuillères à soupe d'huile d'olive

Coupez les tomates en deux. Pressez-les pour enlever les pépins et laissez-les s'égoutter quelques minutes sur du papier absorbant, côté chair.

Préchauffez le four à thermostat 7 (210 °C). Étalez la pâte feuilletée dans huit petits moules à tarte beurrés. Mixez le fromage de chèvre avec les œufs, la crème et le thym effeuillé, salez, poivrez. Répartissez la préparation sur la pâte. Déposez une demi-tomate sur chaque tartelette ; arrosez d'un filet d'huile d'olive et faites cuire au four 20 minutes.

NOTE Pour gagner du temps, ne faites qu'une seule grande tarte.

DE BEAUX RÔTIS OU JAMBONS

LE JAMBON GRILLÉ

Pour 8 personnes
Préparation : 5 minutes
Cuisson : 5 minutes

8 à 16 de tranches de jambon de Paris

Faites découper des tranches de jambon épaisses de 5 mm. Comptez une ou deux tranches par personne. Allumez le barbecue. Sur un bon lit de braises, faites griller les tranches sur le gril en retournant régulièrement jusqu'à ce que le jambon soit grillé. Attention de ne pas trop cuire votre tranche qui serait alors trop sèche. Servez avec des chutneys, une béarnaise, une sauce tomate relevée ou une purée d'oignons.

NOTE Essayez aussi avec du jambon fumé.

LE GIGOT QUI PLEURE

Pour 8 personnes
Préparation : 30 minutes
Cuisson : 1 heure
Temps de marinade : 12 heures

1 beau gigot d'agneau de 2 kg
8 gousses d'ail
fleur de sel
10 brins de thym
4 brins de romarin
6 cuillères à soupe d'huile d'olive
2 kg de pommes de terre
150 g de beurre salé

Massez le gigot avec un peu d'huile d'olive pendant quelques minutes. Épluchez 4 gousses d'ail et coupez chacune d'elles en quatre dans le sens de la longueur. À l'aide d'un couteau à lame fine, pratiquez des entailles dans le gigot. Enfoncez quelques grains de fleur de sel dans chaque entaille et poussez-les avec un morceau d'ail. Posez le gigot dans un plat, parsemez-le de thym et de romarin émietté. Arrosez avec le reste d'huile d'olive, recouvrez d'un film plastique et laissez mariner le gigot au frais 12 heures en le retournant à deux ou trois reprises. Préchauffez le four à thermostat 7 (210 °C). Épluchez les pommes de terre et coupez-les en tranches très fines à l'aide d'une mandoline ou d'un robot. Essuyez-les dans un torchon. Épluchez et hachez finement les 4 gousses d'ail restantes. Beurrez un grand plat ovale un peu plus large que le gigot. Étalez-y une couche de pommes de terre, salez, poivrez et parsemez de noisettes de beurre et d'ail haché. Recommencez en intercalant pommes de terre, sel, poivre, beurre et ail. Répétez l'opération avec le reste des ingrédients. Mettez le plat au four. Au bout de 20 minutes, retirez-le et posez-le directement sur la sole du four. Positionnez la grille au milieu et posez le gigot dessus, juste au-dessus du plat : il doit «pleurer» sur les pommes de terre. Poursuivez la cuisson 40 minutes. Découpez le gigot et servez les pommes de terre à part.

RÔTI DE PORC CARAMÉLISÉ

Pour 8 personnes
Préparation : 20 minutes
Cuisson : 1 h 15

1 rôti de porc de 1,5 kg environ
2 petites boîtes de concentré de tomate
2 cuillères à soupe de miel
3 cuillères à soupe de sucre roux
1/2 pot de sauce barbecue
1/2 pot de sauce aigre-douce
1 pot de chutney

Dans un plat allant au four, disposez le rôti et versez 2 verres d'eau au fond du plat. Badigeonnez-le de concentré de tomate, nappez-le de chutney, de sauce barbecue et de sauce aigre-douce. Faites cuire au four à thermostat 6 (180 °C) pendant 1 heure en arrosant régulièrement. Retirez le rôti du four et tartinez-le de miel ; saupoudrez-le de sucre roux pour qu'il soit bien caramélisé et remettez-le au four jusqu'à la fin du temps de cuisson.

NOTE Si vous êtes très nombreux, utilisez de la rouelle de porc, c'est aussi bon et plus économique. Servez avec des pommes de terre coupées en morceaux, cuites dans le plat du rôti 20 minutes avant la fin de la cuisson du rôti.

ROSBIF À LA CRÈME D'ANCHOIS

Pour 8 personnes
Préparation : 10 minutes
Cuisson : 20 minutes

1 rosbif de 1,5 kg
3 tomates
5 cuillères à soupe d'huile d'olive
2 gousses d'ail
6 échalotes
10 filets d'anchois
3 brins de thym

Sortez le rosbif du réfrigérateur une heure avant de le faire cuire. Pelez et épépinez les tomates. Faites chauffer 2 cuillères à soupe d'huile dans une cocotte en fonte. Posez le rosbif dessus et faites-le saisir sur feu vif, de tous les côtés, pendant 5 minutes ; la peau doit être bien dorée. Baissez le feu et ajoutez l'ail et les échalotes épluchés et coupés en quatre. Remuez, ajoutez les tomates, le thym et les anchois, poivrez. Couvrez et laissez cuire encore 15 minutes. Retirez du feu et laissez reposer 10 minutes. Récupérez tout le jus de cuisson et mixez-le en ajoutant le reste d'huile d'olive. Goûtez pour ajuster l'assaisonnement. Découpez le rôti et versez le jus rendu dans la sauce. Servez le rôti sans attendre, accompagné de pommes de terre au four et d'une salade verte assaisonnée de vinaigre de Xérès et d'huile d'olive.

DES VIANDES BLANCHES

Blanquette de veau

Pour 8 personnes
Préparation : 30 minutes
Cuisson : 2 heures

1,5 kg de veau (moitié épaule, moitié tendron)
1 verre de vin blanc
1 oignon
2 gousses d'ail
3 carottes
3 poireaux
1 tige de céleri
1 bouquet garni
70 g de beurre
2 cuillères à soupe de farine
2 jaunes d'œufs
150 g de crème fraîche épaisse
le jus d'un citron

Demandez au boucher de couper la viande en morceaux. Mettez la viande dans une grande casserole, couvrez-la d'eau froide et portez doucement à ébullition. Écumez. Versez le vin blanc, ajoutez l'oignon, l'ail, les carottes épluchées et coupées en tronçons, les poireaux épluchés et coupés en deux, la tige de céleri et le bouquet garni. Salez, ajoutez quelques grains de poivre. Laissez frémir pendant 1 heure 30. Retirez la viande et les légumes, réservez-les au chaud. Passez le bouillon. Dans une cocotte, faites fondre le beurre avec la farine, tournez le mélange pendant 2 minutes sur feu doux. Versez le bouillon chaud, mélangez bien avec un fouet pour éviter les grumeaux. Laissez épaissir en remuant avec une cuillère en bois puis remettez la viande et les légumes, sauf l'oignon et le céleri. Laissez mijoter sur feu doux 30 minutes. Dans un bol, mélangez les jaunes d'œufs, la crème et le jus de citron. Au moment de servir, versez sur la blanquette, mélangez et réchauffez surtout sans laisser bouillir. Servez avec du riz, des pommes de terre à la vapeur ou des tagliatelles.

Blancs de volaille marinés

Pour 8 personnes
Préparation : 10 minutes
Cuisson : 6 minutes
Marinade : 2 heures

8 blancs de poulet
4 citrons
4 cuillères à soupe d'huile d'olive
10 brins de persil plat
4 brins de thym ou de romarin

Préparez la marinade en mélangeant le jus des citrons, l'huile d'olive, le thym ou le romarin. Faites mariner les blancs de poulet pendant 2 heures dans un grand plat en verre.
Égouttez les blancs puis faites-les cuire au gril ou au barbecue 3 minutes de chaque côté. Salez et poivrez, puis arrosez avec la marinade. Avant de servir, parsemez du persil haché.

NOTE Vous pouvez remplacer les blancs de poulet par des filets de dinde, plus économiques mais plus secs.

Lapin moutarde à l'estragon

Pour 8 personnes
Préparation : 15 minutes
Cuisson : 45 minutes

1 gros lapin ou 1 lapin 1/2
5 échalotes
50 g de beurre
1 pot de moutarde de 125 g
1 verre de vin blanc
1 pot de crème fraîche bien épaisse de 500 g
5 tiges d'estragon

Demandez au volailler de couper le lapin en morceaux (au minimum huit). Épluchez et hachez les échalotes ; faites-les fondre dans une grande cocotte avec le beurre, sans le laisser prendre couleur. Ajoutez les morceaux de lapin et faites-les à peine saisir de tous les côtés, sur feu doux. Versez la moutarde et le vin blanc. Attendez 3 minutes avant d'ajouter la crème et la moitié des feuilles d'estragon.
Salez, mélangez bien, couvrez et laissez cuire 40 minutes, toujours à feu doux, en remuant de temps en temps. Goûtez pour ajuster l'assaisonnement.
Si la sauce est trop liquide, retirez les morceaux de lapin et réservez-les au chaud, montez le feu sous la cocotte et laissez réduire la sauce jusqu'à ce qu'elle soit onctueuse ; remettez alors les morceaux de lapin. Parsemez-les du reste d'estragon ciselé. Servez avec un riz basmati, des pâtes fraîches, des pommes de terre ou des courgettes cuites à la vapeur.

NOTE Ce plat peut aussi être préparé avec du poulet ou de la dinde.

Poulet tikka

Pour 8 personnes
Préparation : 30 minutes
Cuisson : 15 minutes
Temps de marinade : 12 heures

8 blancs de volaille (poulet ou dinde)
le jus de 2 ou 3 citrons verts
3 yaourts bulgares
1 pot de pâte tikka (au rayon exotique des grandes surfaces)
1 bouquet de coriandre fraîche

Coupez les blancs de volaille en cubes de 2 à 3 cm. Mettez-les dans un plat et arrosez-les de jus de citron. Mélangez les yaourts avec la pâte tikka et versez cette préparation sur les morceaux de volaille. Couvrez d'un film plastique et laissez mariner au frais pendant au moins 12 heures. Enfilez les morceaux de viande sur des brochettes et faites-les cuire au barbecue ou sous le grill du four pendant 15 minutes. Parsemez les brochettes de coriandre ciselée. Servez-les sans assaisonnement mais accompagnées de riz, de chutney et d'une salade de tomate, de concombre et d'oignons nature.

ET LES LÉGUMES D'ÉTÉ

AUBERGINES EN PIZZA

Pour 8 personnes
Préparation : 30 minutes
Cuisson : 40 minutes

8 aubergines
8 tomates
250 g de mozzarella à pizza
16 filets d'anchois à l'huile
6 brins de romarin
75 g de parmesan râpé
8 cuillères à soupe d'huile d'olive

Lavez les aubergines, coupez-les en deux dans le sens de la longueur. Pratiquez quelques incisions dans la chair, salez et laissez les aubergines dégorger 30 minutes en les posant côté chair sur du papier absorbant. Pendant ce temps, pelez et épépinez les tomates et coupez la chair en cubes. Découpez des lamelles de mozzarella. Préchauffez le four à thermostat 6 (180 °C). Essuyez les aubergines et disposez-les sur un plat. Étalez la chair de tomate dessus, puis recouvrez de lamelles de mozzarella. Disposez enfin les filets d'anchois, parsemez de romarin et de parmesan. Arrosez d'un filet d'huile d'olive et faites cuire au four 30 à 40 minutes (selon l'épaisseur et le degré de maturité des aubergines). Vérifiez la cuisson avec la lame d'un couteau : elle doit s'enfoncer très facilement dans les aubergines.

RATATOUILLE EXPRESS

Pour 8 personnes
Préparation : 20 minutes
Cuisson : 1 heure 30

6 belles aubergines
6 courgettes
3 oignons violets
2 poivrons rouges
2 poivrons verts
1,5 kg de tomates
6 gousses d'ail
thym
romarin
1 feuille de laurier
6 cuillères à soupe d'huile d'olive
15 feuilles de basilic

Lavez et épluchez les aubergines et les courgettes, coupez-les en morceaux réguliers de 2 x 2 cm environ. Hachez grossièrement les oignons. Lavez, épépinez tous les poivrons et coupez-les en morceaux. Lavez les tomates, coupez-les en quartiers, ôtez les pépins. Mélangez le tout dans un grand plat en terre ou en porcelaine, salez, poivrez, ajoutez l'ail haché, le thym, le romarin et le laurier. Arrosez de 4 cuillères à soupe d'huile d'olive et faites cuire au four à thermostat 5-6 (160 °C) pendant 1 heure 30 en remuant à deux ou à trois reprises. Au moment de servir, ajoutez le reste d'huile d'olive et le basilic ciselé.

NOTE Cette ratatouille est aussi bonne chaude que froide. Si vous la servez froide, vous pouvez l'enrichir de petites olives noires de Nice et de pignons.

TIAN DE LÉGUMES

Pour 8 personnes
Préparation : 30 minutes
Cuisson : 2 heures

2 kg de courgettes
2 kg d'aubergines
1 kg d'oignons
1 kg de tomates
5 brins de thym
3 brins de romarin
6 cuillères à soupe d'huile d'olive

Préchauffez le four à thermostat 6 (180 °C).

Lavez les légumes et coupez-les en rondelles. Dans un plat large et haut allant au four, disposez des rondelles d'aubergine et de tomate, puis des rondelles d'oignon et, pour terminer, des rondelles de courgette. Salez, poivrez, arrosez d'huile d'olive et parsemez d'herbes. Continuez à superposer ainsi les légumes jusqu'à ce que le plat soit rempli à ras bord. Tassez légèrement les légumes. Salez et poivrez, nappez d'huile d'olive. Mettez au four pendant 2 heures environ en surveillant la cuisson : ce plat doit rester moelleux et fondant. Servez plutôt froid au moment de la garden-party.

NOTE Le tian de légumes peut se préparer la veille. Avec les restes, préparez des œufs brouillés ou une omelette.

GÂTEAU DE CAROTTE À LA CORIANDRE

Pour 8 personnes
Préparation : 20 minutes
Cuisson : 1 h 15

1,5 kg de carottes
2 oignons
8 œufs
300 g de crème liquide
quelques brins de coriandre fraîche
noix de muscade moulue
Tabasco
huile d'olive

Pelez les carottes et les oignons. Faites cuire les carottes à la vapeur 30 minutes environ ; pendant ce temps, faites revenir les oignons à la poêle dans un peu d'huile d'olive.
Dans un saladier, fouettez les œufs avec la crème, du sel et du poivre, ajoutez une pincée de poudre de noix de muscade et la coriandre fraîche finement ciselée.
Une fois qu'elles sont cuites, passez les carottes au mixeur, avec les oignons, pour en faire une belle purée homogène.
Préchauffez le four à thermostat 5 (150 °C).
Incorporez cette purée à la préparation aux œufs. Versez le mélange dans un moule beurré et faites cuire au bain-marie pendant 45 minutes. Vérifiez la cuisson avec la lame d'un couteau. Laissez tiédir et servez froid, accompagné d'une sauce à la tomate relevée de deux gouttes de Tabasco.

NOTE Pour aller plus vite, utilisez carottes et oignons surgelés.

DES VIANDES À LA BROCHE ET LEUR SAUCE

BROCHETTES DE PORC ET PRUNEAUX

Pour 8 personnes
Préparation : 20 minutes
Cuisson : 10 minutes
Temps de marinade : 3 heures

1 kg de rôti de porc
4 cuillères à soupe d'huile d'olive
1 cuillère à soupe de quatre-épices
6 feuilles de sauge
8 merguez
16 pruneaux dénoyautés

Découpez le porc en gros cubes, mettez-les dans un plat et arrosez-les d'huile d'olive ; saupoudrez de quatre-épices et de feuilles de sauge ciselées. Laissez mariner au frais 3 heures environ. Coupez chaque merguez en trois. Composez les brochettes en intercalant un cube de porc, un pruneau et un morceau de merguez, etc. ; salez et poivrez. Faites cuire les brochettes 10 minutes au barbecue, pas trop près des braises, ou sous le gril du four, en les retournant fréquemment. Servez-les avec une graine de couscous assaisonnée d'huile d'olive ou de beurre.

BROCHETTES D'AGNEAU

Pour 8 personnes
Préparation : 10 minutes
Cuisson : 5 minutes
Temps de marinade : 2 heures

1,2 kg d'épigramme d'agneau
le jus d'un citron
4 cuillères à soupe d'huile d'olive
thym
romarin
sauge
origan
laurier

Demandez au boucher de rouler l'épigramme et de le couper en tranches. Faites mariner la viande pendant 2 heures environ dans le jus de citron, l'huile d'olive et le mélange d'herbes ciselées. Enfilez les morceaux d'agneau sur des brochettes et faites-les griller 5 minutes en les retournant une fois. Servez avec un riz complet, un bulgour, une salade mélangée, des quartiers de tomate et des tranches de concombre.

SAUCE AIGRE-DOUCE

Pour 8 personnes, prévoir environ 20 cl de sauce

10 cl de coulis de tomate
4 cuillèrères à soupe de jus d'orange
3 cuillères à soupe de miel
4 cuillères à soupe de vinaigre de cidre
6 cuillères à soupe de sauce soja
2 gousses d'ail
1 cuillère à soupe de piment d'Espelette
1 cuillère à café de sel

Mixez tous les ingrédients ensemble. Mettez à chauffer dans une casserole et laissez frémir 5 minutes. Servez chaud.

SAUCE PAMPA

Pour 8 personnes

3 petits oignons blancs
1 gousse d'ail
1 botte de persil
10 brins de coriandre
1 cuillère à soupe d'origan séché
5 cuillères à soupe d'huile d'olive
2 cuillères à soupe de vinaigre de vin
1/2 cuillère à café de piment
sel et poivre

Hachez finement les oignons blancs et l'ail. Ciselez le persil et la coriandre. Ajoutez l'origan séché, l'huile d'olive, le vinaigre de vin, le piment, le sel et le poivre. Ajoutez 5 cl d'eau et mélangez tous les ingrédients. Laissez reposer au minimum 1 heure. Cette sauce se conserve une semaine au réfrigérateur.

SAUCE TOMATO-COCO

Pour 8 personnes

15 cl de coulis de tomate
15 cl de lait de coco
2 petits oignons blancs hachés
1 noix de gingembre frais râpé
(ou 1 cuillère à soupe de gingembre moulu)
15 brins de coriandre fraîche

Mélangez le coulis de tomate avec le lait de coco. Ajoutez les oignons blancs hachés, le gingembre frais râpé (ou 1 cuillère à soupe de gingembre moulu) et la coriandre fraîche ciselée. Salez, poivrez.

L'ENTREMETS SUCRÉ

QUATRE COMPOTES DE FRUITS

Pour 8 personnes
Préparation : 10 minutes chacune
Cuisson : 15 minutes environ pour chaque compote

En fonction du marché
500 g de quetsches
500 g de prunes rouges
500 g de prunes jaunes
1 kg de pêches
500 g de mirabelles
500 g de brugnons
sucre

Vous choisirez, en fonction du marché, les plus beaux fruits pour confectionner ces quatre compotes à servir dans des petits saladiers séparés. Pelez les fruits dont la peau n'est pas comestible et rincez à l'eau claire prunes, mirabelles et quetsches.
Dénoyautez tous les fruits. Faites-les cuire à feu doux, séparément, avec un peu d'eau. Surveillez la cuisson de chaque casserole car certains fruits cuisent plus vite que d'autres. Ajoutez de l'eau si nécessaire, sucrez selon votre goût. Laissez refroidir avant de remplir les pots.

NOTE Servez les différentes compotes dans des pots à confiture anciens, des bocaux en verre ou de larges verres à pied pour jouer sur les couleurs des fruits cuits. À servir tiède ou à température ambiante, après avoir décoré chaque pot d'une feuille de verveine ou de menthe fraîche.

DES FROMAGES FRAIS

SUR LES MARCHÉS, DE NOMBREUX PETITS PRODUCTEURS PROPOSENT DES FROMAGES FRAIS DE VACHE, DE BREBIS, DE CHÈVRE. BLANCS COMME NEIGE, AVEC COMME SEUL DÉCOR LES TRACES LAISSÉES PAR LES MOULES À FAISSELLE, CES FROMAGES SONT DÉLICIEUX ET CONSTITUENT À EUX SEULS UN PLATEAU DE FROMAGES. ILS SONT INDISPENSABLES POUR UN DÉJEUNER BUFFET.

PRÉSENTATION

Pour les présenter, préparez des feuilles vertes cueillies sur les arbres du jardin. Lavez-les bien avant de dresser les fromages dessus.

Décorez les fromages d'herbes du jardin finement ciselées : thym, romarin, sarriette, laurier, estragon, ciboulette, cerfeuil ou basilic.

Pensez également aux épices. Saupoudrez un peu de piment d'Espelette, de curry, de graines de cumin, de muscade, de poivre du Sichuan, de poivres mélangés...

ACCOMPAGNEMENTS

Sur un plat à part, proposez à côté des fromages : du raisin, des cubes de melon, des fraises, des figues, des abricots, des tomates cerises, des cubes de concombre, des radis, des jeunes navets, des petits oignons nouveaux, un cœur de céleri branche, des tronçons de carottes nouvelles...

N'oubliez pas un joli flacon d'une très bonne huile d'olive vierge extra, un pot de fleur de sel, un moulin à poivre, du piment d'Espelette.

CÔTÉ VIN

Servez un vin blanc sec bien frais, à 12 ° environ. Essayez un vin de Loire, un mennetou salon quincy, un bourgogne, sans oublier un côtes-du-rhône ou un languedoc.

LA TABLE DES DESSERTS

Moelleux aux poires et aux pistaches

Pour 8 personnes
Préparation : 20 minutes
Cuisson : 40 minutes

14 morceaux de sucre
6 poires pas trop mûres
150 g de pistaches décortiquées
200 g de sucre en poudre
200 g de beurre
4 œufs
200 g de farine

Mettez les morceaux de sucre dans un moule à manqué de 28 cm de diamètre avec 1/2 verre d'eau. Posez-le sur le feu et faites un caramel blond. Répartissez bien le caramel (veillez à ne pas vous brûler) sur le fond et les bords du moule. Épluchez les poires, coupez-les en quartiers et disposez-les sur le caramel, au fond du plat. Mixez les pistaches avec la moitié du sucre en poudre. Préchauffez le four à thermostat 6 (180 °C). Fouettez au batteur le beurre mou avec le reste du sucre pendant 2 minutes ; ajoutez les œufs entiers un par un puis la farine, en continuant de fouetter. Terminez en incorporant le mélange de sucre et de pistache, puis versez la préparation sur les poires. Faites cuire au four 40 minutes.

NOTE À défaut de pistaches, utilisez des amandes ou des noisettes en poudre, plus faciles à trouver dans le commerce. Ce gâteau est délicieux aussi avec des pêches, des abricots, des prunes...

Tatin caramélisée à la mangue

Pour 8 personnes
Préparation : 20 minutes
Cuisson : 30 minutes

150 g de sucre en poudre
5 mangues pas trop mûres
75 g de beurre
1 rouleau de pâte feuilletée

Préchauffez le four à thermostat 6 (180 °C). Faites un caramel avec le sucre et un peu d'eau. Versez-le dans un moule à tarte en veillant à ne pas vous brûler. Faites glisser le caramel pour qu'il tapisse bien le fond et les bords du moule. Laissez refroidir. Épluchez les mangues, coupez-les en quartiers et disposez-les en étoile sur le caramel ; parsemez de noisettes de beurre. Étalez la pâte feuilletée et posez-la sur les mangues. Rentrez les bords à l'intérieur. Faites cuire au four 30 minutes : la pâte doit être bien dorée et croustillante. Démoulez dès la sortie du four.

NOTE Pour un dessert plus sophistiqué, servez cette tarte avec un sorbet à la mangue ou une glace à la noix de coco. Pensez à utiliser les mangues surgelées, déjà épluchées et coupées en quartiers. Il est inutile de les décongeler avant de les utiliser.

Crumble aux prunes et aux noisettes

Pour 8 personnes
Préparation : 20 minutes
Cuisson : 35 minutes

1,250 kg de prunes (quetsches, mirabelles, reines-claudes...)
200 g de farine
120 g de sucre roux
75 g de poudre de noisette
150 g de beurre
2 cuillères à soupe de muesli

Beurrez un plat de 28 cm de diamètre. Lavez et dénoyautez les prunes et disposez-les dans le plat. Préchauffez le four à thermostat 6 (180 °C). Préparez la pâte en mélangeant la farine, le sucre, la poudre de noisette et le beurre ramolli. Versez ce mélange sur les prunes. Saupoudrez de muesli et faites cuire au four 35 minutes.

NOTE Le goût du sucre roux se marie particulièrement bien avec celui des prunes. Le muesli – ou un autre mélange de céréales pour le petit déjeuner – donne du croustillant.

TARTE À LA RICOTTA ET AUX ORANGES

Pour 8 personnes
Préparation : 15 minutes
Cuisson : 40 minutes

1 rouleau de pâte brisée
2 oranges non traitées
1 citron non traité
3 œufs
120 g de sucre
1 cuillère à soupe de miel de tilleul ou de lavande
750 g de ricotta (3 pots)
1 cuillère à soupe de farine
2 cuillères à soupe d'eau de fleur d'oranger

Étalez la pâte dans un moule à tarte de 30 cm de diamètre. Préchauffez le four à thermostat 6 (180 °C). Prélevez le zeste d'une orange et du citron ; pressez une des oranges.
Cassez les œufs et séparez les blancs des jaunes. Fouettez les jaunes avec la moitié du sucre et le miel ; ajoutez la ricotta, la farine, les zestes, l'eau de fleur d'oranger et le jus d'orange. Fouettez les blancs d'œufs en neige. Versez le reste de sucre en continuant de fouetter. Incorporez délicatement les blancs battus à la préparation et versez-la sur la pâte. Coupez la seconde orange en fines rondelles et disposez-les sur la préparation. Faites cuire au four 40 minutes.

SALADE D'AGRUMES À LA FLEUR D'ORANGER

Pour 8 personnes
Préparation : 30 minutes

1 kg d'oranges juteuses et non traitées
3 pamplemousses
3 cuillères à café d'eau de fleur d'oranger
quelques feuilles de menthe

Épluchez à vif les oranges et les pamplemousses en conservant le jus des fruits. Coupez-les en quartiers et mettez-les dans un saladier avec l'eau de fleur d'oranger.
Laissez au réfrigérateur quelques heures. Servez frais après avoir décoré le saladier de quelques feuilles de menthe.

NOTE Si vous n'aimez pas la fleur d'oranger, quelques cuillères de Cointreau seront tout aussi savoureuses.

GÂTEAU FROMAGER

Pour 8 personnes
Préparation : 30 minutes
Cuisson : 50 minutes

500 g de fromage blanc ferme type faisselle égouttée ou saint-florentin
4 œufs
le zeste de 2 citrons
200 g de sucre
2 cuillères à soupe de crème fraîche
1 cuillère à café de vanille liquide
40 g de farine
1 cuillère à soupe de fécule
1 paquet de Spéculos
1 cuillère à café de jus de citron

Cassez les œufs en séparant les blancs des jaunes. Battez au fouet le fromage blanc, les jaunes d'œufs, la farine, la fécule, la moitié du sucre, les zestes de citron, la vanille, 1 cuillère à café de jus de citron jusqu'à obtenir une pâte homogène.
Dans un grand saladier, battez les blancs d'œufs en neige en ajoutant une pincée de sel. Quand ils sont fermes, ajoutez le reste du sucre en continuant de battre au fouet. Incorporez doucement le fromage blanc battu aux blancs en neige.
Écrasez les Spéculos, et répartissez-les au fond d'un moule à manqué de 15 cm. Versez dessus la préparation au fromage blanc.

Mettez au four 50 minutes. Laissez refroidir avant de démouler.

NOTE Vous pouvez servir ce dessert avec un coulis de cassis et quelques fruits frais coupés en petits dés.

Cappuccino glacé

Pour 8 personnes
Préparation : 10 minutes
Pas de cuisson
Temps de repos : 2 heures

75 cl de crème fleurette bien froide
3 cuillères à soupe de café instantané espresso
4 cuillères à soupe de sucre glace
1 1/2 cuillères à café de cardamome en poudre
cacao en poudre

Versez 4 cuillères à soupe d'eau bouillante sur le café, mélangez bien et laissez refroidir. Fouettez la crème bien froide. Quand elle est ferme, ajoutez le sucre glace, la cardamome et le café, tout en continuant de fouetter. Versez la préparation dans des coupes et placez-les au réfrigérateur pendant 2 heures, ou 30 minutes au congélateur. Juste avant de servir, saupoudrez de cacao en poudre.

NOTE La cardamome est une épice très utilisée au Moyen-Orient avec le thé et le café. Vous pouvez la supprimer ou la remplacer par de la vanille.

VARIANTE Servez cette mousse au café bien glacée arrosée d'une tasse d'espresso brûlant...

Flan à la banane et cardamome

Pour 8 personnes
Préparation : 15 minutes
Cuisson : 20 minutes

6 bananes mûres à point
le jus de 2 citrons verts
140 g de sucre roux
1/2 cuillère à café de cardamome en poudre
30 cl de crème liquide
6 jaunes d'œufs et 4 blancs
50 g de beurre

Préchauffez le four à thermostat 5 (150 °C). Épluchez cinq bananes et mixez-les avec le jus de citron, 120 g de sucre, la cardamome, la crème et les œufs. Beurrez six ramequins et versez-y la préparation. Coupez la dernière banane en fines rondelles et décorez-en les ramequins, saupoudrez-les du reste de sucre roux et disposez-les dans un plat contenant de l'eau chaude. Faites cuire au four, au bain-marie, pendant 20 minutes.

Charlotte aux biscuits roses

Pour 8 personnes
Préparation : 1 heure
Cuisson : 2 minutes
Temps de repos : 4 heures

5 cuillères à soupe de liqueur de framboise
24 biscuits roses de Reims
6 feuilles de gélatine
120 g de sucre
400 g de fromage blanc
150 g d'amandes en poudre
1 cuillère à café d'extrait de vanille
3 blancs d'œufs
350 g de framboises

Versez la liqueur de framboise dans une assiette creuse, ajoutez 4 cuillères à soupe d'eau. Trempez-y rapidement les biscuits avant d'en tapisser les parois d'un moule à charlotte, en retaillant les biscuits. Faites tremper les feuilles de gélatine dans de l'eau froide pendant 15 minutes. Portez à ébullition 1 verre d'eau avec la moitié du sucre, retirez du feu et mettez-y la gélatine égouttée. Mélangez jusqu'à ce que la gélatine ait fondu. Versez-la ensuite sur le fromage blanc, ajoutez les amandes et la vanille, mélangez. Fouettez les blancs d'œufs en neige ; quand ils sont presque entièrement montés, ajoutez le reste de sucre tout en continuant de fouetter. Incorporez ce mélange au fromage blanc. Versez-en la moitié dans le moule, sur les biscuits. Recouvrez d'une couche de framboises et ajoutez le reste de fromage blanc.
Posez une petite assiette sur la charlotte et faites-la prendre au réfrigérateur pendant au moins 4 heures. Au moment de servir, démoulez la charlotte et décorez-la de framboises.

NOTE Les biscuits roses sont une spécialité de la ville de Reims. Vous pouvez remplacer la liqueur de framboise par de l'eau-de-vie de framboise ou par du sirop de framboise.

ESCAPADE À LA PLAGE

ET SI L'ON PARTAIT EN PIQUE-NIQUE ?

VOILÀ PLUSIEURS JOURS QUE L'IDÉE EST LANCÉE. LA MÉTÉO EST BONNE POUR DEMAIN : PAS D'ORAGE EN PRÉVISION, PAS DE VENT FORT EN VUE.QUE CE SOIT EN BORD DE MER OU AU BORD DE LA RIVIÈRE, UN PIQUE-NIQUE NE S'IMPROVISE PAS.

PRÉPARATIFS CULINAIRES

Pique-nique ne rime pas forcément avec sandwich gras débordant de mayonnaise ni jambon beurre au sable. Bien au contraire, pique-niquer démontre un certain art de vivre à la campagne. Ce n'est pas parce qu'on se promène avec son déjeuner qu'on doit le bâcler. Préparez des sandwichs raffinés habillés de papier d'aluminium, des plats froids faciles à emporter mais soignés dans leur présentation, sans oublier condiments et chutneys qui se prêtent à merveille à ce type de repas. N'attendez pas la dernière minute pour faire dorer cakes et tartes, gâteaux et quatre-quarts, et rafraîchir les boissons. Versez le café ou le thé bien chauds le matin du pique-nique dans les différentes Thermos, et juste avant de partir, assaisonnez les salades composées qui attendront, sagement, dans des boîtes hermétiques, d'arriver à bon port.

LES OBJETS À NE PAS OUBLIER

Après une solide marche, une fois arrivé entre pâturage et dune de hoyas, rien n'est plus désagréable que de découvrir que l'on a oublié... l'ouvre-boîte ! Attention, il suffit de quelques oublis pour qu'un pique-nique tourne rapidement au cauchemar ! Préparez une check-list en notant tout le matériel nécessaire. Sortez et rincez la glacière, vérifiez sacs à dos et paniers, les Thermos, les gourdes, les boîtes en plastique, les canifs et les verres. Tous ces objets ne seront pas à chaque fois nécessaires, mais cet aide-mémoire vous sera utile au moment de charger les sacs : assiettes en plastique ou en carton de plusieurs tailles, verres, grande nappe et serviettes, couverture ou tapis de sol, allumettes, couteau suisse, couverts, tire-bouchon, décapsuleur, Thermos, ouvre-boîte, un sac-poubelle pour laisser l'endroit plus propre qu'en arrivant, essuie-mains jetable, un torchon, planche à découper, parasol, chapeaux de soleil, crème solaire, anti-moustiques, pansements, appareil photo, bonnes chaussures de marche, maillot de bain, ballon, jeu de cartes, un bon livre, lunettes de soleil, un pull léger (pour la montagne) et le plein de rires et de bonne humeur.

L'AMBIANCE

Une fois le lieu choisi, videz sacs et paniers et préparez le couvert pour profiter de votre salle à manger en plein air et faire honneur à vos plats « emportés ». Siroter l'apéro au bord d'un ruisseau de montagne, grignoter du chocolat au milieu d'un pré, déjeuner au cœur de la nature et faire griller les Marshmallow sur le feu allumé à la hâte entre deux pierres... Des plaisirs qui rappellent des souvenirs d'enfance, et prouvent que le bonheur est sûrement dans le pré...
Le pique-nique est un moment à partager en famille ou entre amis. Après avoir fait un sort aux grandes salades fraîches d'été et participé à une discussion animée sur les plus beaux châteaux de la région, à chacun ses envies pour l'après-midi : alangui sous un vieux chêne pour une sieste ou une pause lecture ; en balade solitaire sur les dunes les pieds chaussés de vieilles sandales ; en groupe pour une joyeuse baignade improvisée ou une mémorable partie de pêche ! Quand l'air commence à fraîchir, et avant de partir, n'oubliez pas de ramasser papiers, mégots et toutes autres traces de votre passage.

DES RILLETTES

ON LES SERT AVEC DES TRANCHES DE BON PAIN DE CAMPAGNE OU DE PAIN AU LEVAIN TRÈS FRAIS OU GRILLÉ.

RILLETTES DE SAUMON

Pour 8 personnes
Préparation : 15 minutes
Cuisson : 5 minutes
Temps de réfrigération : 12 heures

150 g de chutes de saumon fumé
600 g de saumon d'Écosse ultra frais label rouge
200 g de crème fraîche épaisse
1 noix de gingembre frais râpé
le jus d'un citron

À l'aide d'un bon couteau, coupez les deux sortes de saumon en tout petits morceaux. Portez la crème fraîche à ébullition, ajoutez-y le saumon, mélangez vivement pendant 1 minute. Retirez du feu, ajoutez le gingembre râpé et le jus de citron. Salez, poivrez, mélangez bien. Goûtez pour vérifier l'assaisonnement puis tassez dans une terrine. Laissez au frais 12 heures avant de servir.

NOTE Vous pouvez remplacer le gingembre par quelques brins d'aneth ciselés.

RILLETTES DE MAQUEREAUX

Pour 8 personnes
Préparation : 15 minutes
Cuisson : 15 minutes
Temps de réfrigération : 12 heures

2 à 4 maquereaux (1 kg environ)
3 brindilles de thym
3 feuilles de laurier
1 verre de vin blanc sec
50 g de beurre
le jus d'un citron
150 g de crème fraîche épaisse
1 botte de ciboulette
4 échalotes

Préchauffez le four à thermostat 7 (210 °C). Lavez les maquereaux, mettez-les dans un plat avec le thym, les échalotes hachées et le laurier. Arrosez-les avec le vin blanc et faites-les cuire au four 15 minutes. Laissez refroidir dans le plat. Enlevez les herbes, la peau et les arêtes. Écrasez les filets à la fourchette en incorporant le beurre ramolli. Salez, poivrez, ajoutez le jus de cuisson, le jus de citron, la crème fraîche et la ciboulette ciselée. Mélangez bien le tout. Tassez dans une terrine et mettez au frais au moins 12 heures avant de servir.

RILLETTES DE SARDINES

Pour 8 personnes
Préparation : 10 minutes
Pas de cuisson

3 boîtes de sardines à l'huile d'olive
150 g de beurre salé
le jus de 1 ou 2 citrons

Égouttez les sardines et écrasez-les avec une fourchette en ajoutant le beurre mou et le jus d'un citron. Poivrez et goûtez : ajoutez le jus du second citron si nécessaire.

NOTE Le jus de citron donne de la légèreté. Vous pouvez ajouter une pincée de curry ou de cumin. N'hésitez pas à choisir des sardines déjà aromatisées ou pimentées.

RILLETTES DE THON

Pour 8 personnes
Préparation : 10 minutes
Pas de cuisson
Temps de réfrigération : 12 heures

200 g de thon en boîte au naturel
200 g de thon à l'huile d'olive
3 échalotes
300 g de Saint-Moret (2 barquettes)
5 brins de persil plat
2 cuillères à soupe de câpres
1/2 cuillère à café de piment d'Espelette

Égouttez le thon au naturel et écrasez-le à la fourchette avec le thon à l'huile d'olive. Ajoutez les échalotes finement hachées, le Saint-Moret, le persil, les câpres et le piment d'Espelette. Mélangez vigoureusement. Goûtez pour vérifier l'assaisonnement puis tassez dans une terrine. Laissez au frais 12 heures avant de servir.

L'INCONTOURNABLE TERRINE

TERRINE DE LAPIN À LA SAUGE

Pour 8 personnes
Préparation : 45 minutes
Cuisson : 3 heures
Temps de marinade : 24 heures

1 beau lapin fermier
10 feuilles de sauge
1 petit verre de cognac
5 cuillères à soupe d'huile d'olive
350 g de chair à saucisse
2 œufs
60 g de noisettes
1 bouquet de persil
Tabasco
bardes de lard
2 feuilles de laurier
4 échalotes

Désossez le lapin à l'aide d'un bon petit couteau pointu. Coupez la chair en petits morceaux de 1 cm, mettez-les dans un saladier, salez, poivrez, ajoutez cinq feuilles de sauge, le cognac et l'huile d'olive. Laissez mariner 24 heures au frais.

Préchauffez le four à thermostat 4 (120 °C). Mélangez la chair du lapin, la marinade, la chair à saucisse, les échalotes hachées, les œufs, les noisettes, le persil ciselé, quelques gouttes de Tabasco. Tapissez de bardes de lard une terrine en porcelaine, en terre ou en fonte émaillée. Versez-y la farce, tassez-la, décorez la surface avec les feuilles de sauge qui restent et les feuilles de laurier. Couvrez et faites cuire au four, au bain-marie, pendant 2 heures.

NOTE Si votre terrine n'a pas de couvercle, entourez-la d'une feuille de papier d'aluminium.
Pour que la viande soit encore plus moelleuse, « luttez » la terrine : mélangez 150 g de farine avec un peu d'eau pour former une pâte ; roulez-la entre vos mains pour faire un ruban que vous poserez sur la terrine au niveau du couvercle. Appuyez pour bien souder les bords. Vous pouvez remplacer la sauge par du romarin, qui se marie très bien aussi avec le lapin.

DES CAKES SALÉS

Cake aux trois poivrons

Pour 8 personnes
Préparation : 40 minutes
Cuisson : 45 minutes

4 œufs
2 cuillères à soupe d'huile d'olive
1 verre de vin blanc sec
100 g de gruyère râpé
200 g de farine tamisée
1 sachet de levure chimique
100 g de lardons
1 poivron rouge
1 poivron vert
1 poivron jaune

Préchauffez le four à thermostat 7 (210 °C). Posez les poivrons sur la grille du four et faites-les cuire 20 minutes environ jusqu'à ce que la peau soit boursouflée. Enroulez-les dans du papier absorbant humide. Laissez-les refroidir, ôtez la peau et les pépins puis coupez-les en petits morceaux.

Faites revenir les lardons dans une poêle.

Cassez les œufs dans un saladier, ajoutez l'huile d'olive et le vin blanc. Salez et poivrez. Incorporez peu à peu le gruyère râpé, la farine tamisée et la levure jusqu'à ce que vous obteniez un mélange homogène. Ajoutez les poivrons et les lardons. Versez la préparation dans un moule beurré. Faites cuire au four pendant 45 minutes. Vérifiez la cuisson en plantant la lame d'un couteau : elle doit ressortir propre.

Laissez tiédir avant de démouler ; ne coupez le cake que lorsqu'il est froid.

NOTE Vous pouvez accompagner ce cake de piments verts marinés et de petits piments d'Espelette à croquer, servis dans un petit ramequin avec des piques en bois.

Cake au fromage de chèvre

Pour 8 personnes
Préparation : 20 minutes
Cuisson : 50 minutes

4 œufs
5 cuillères à soupe d'huile d'olive
1 sachet de levure chimique
200 g de farine tamisée
10 cl de lait
1 fromage de chèvre frais de 200 g environ
80 g de tomates séchées
100 g d'olives noires dénoyautées

Préchauffez le four à thermostat 7 (210 °C). Cassez les œufs dans un saladier, battez-les jusqu'à ce qu'ils aient doublé de volume. Toujours en fouettant, incorporez le lait, l'huile d'olive puis la farine et la levure. Ajoutez à cette préparation le fromage de chèvre coupé en petits morceaux, les tomates coupées en lamelles, les olives coupées en quatre. Versez cette pâte dans un moule préalablement beurré. Faites cuire 50 minutes.

NOTE Vous pouvez remplacer le chèvre frais par la même quantité de bruccio.

Cake aux lardons et aux olives

Pour 8 personnes
Préparation : 15 minutes
Cuisson : 1 h 30

250 g de farine
4 œufs
4 cuillères à soupe d'huile d'olive
1 sachet de levure en poudre
1 verre de vin blanc sec
200 g de lardons fumés
50 g de pistaches décortiquées
150 g d'olives vertes dénoyautées
150 g de gruyère râpé

Préchauffez le four à thermostat 6 (180 °C). Faites rissoler les lardons dans une poêle. Pendant ce temps, faites la pâte à cake en mélangeant la farine, la levure, les œufs entiers ajoutés un à un, l'huile et le vin blanc. Poivrez et battez au fouet cette préparation afin d'obtenir une pâte lisse. Ajoutez les lardons cuits, les olives, les pistaches et le gruyère râpé ; mélangez bien. Versez dans le moule à cake préalablement beurré et faites cuire 1 heure 30 à thermostat 6 (180 °C). Vérifiez la cuisson en enfonçant la lame d'un couteau. Elle doit ressortir propre.

Cake au jambon et piment d'Espelette

Pour 8 personnes
Préparation : 20 minutes
Cuisson : 50 minutes

4 œufs
4 cuillères à soupe d'huile d'olive
1 sachet de levure chimique
250 g de farine
400 g de jambon cuit coupé en dés
1 cuillère à soupe de piment d'Espelette
1 verre de vin blanc sec
2 cuillères à soupe de moutarde
2 brins de thym

Préchauffez le four à thermostat 6 (180 °C). Cassez les œufs dans un saladier. Ajoutez la farine, le vin blanc, la levure, la moutarde et 4 cuillères à soupe d'huile d'olive. Faites une pâte homogène et incorporez les dés de jambon, le piment d'Espelette et le thym émietté. Salez, poivrez et mélangez. Versez la préparation dans un moule à cake préalablement beurré et faites cuire 50 minutes.

NOTE Les dés de jambon seront aussi bons s'ils sont pris dans les « talons de jambon », nettement moins chers et plus faciles à couper en petits dés.

SANDWICHS & FEU DE PLAGE

SANDWICH SAINT-MORET ET SAUMON FUMÉ

Étalez sur du pain de mie complet une couche de Saint-Moret, recouvrez de fines rondelles de concombre, parsemez d'aneth ciselé et posez dessus une tranche de saumon fumé. Placez une autre tranche de pain dessus.

SANDWICH AVOCAT, CITRON VERT, TABASCO ET CREVETTES

Écrasez la chair d'un avocat avec du jus de citron vert, du sel et quelques gouttes de Tabasco ; étalez cette pâte sur du pain de mie, recouvrez de crevettes roses cuites et décortiquées et terminez par une tranche de pain.

SANDWICH TOMATE, BACON GRILLÉ, SAINT-MORET, MOUTARDE ET BASILIC

Étalez sur une tranche de pain de campagne une couche de Saint-Moret, recouvrez de tranches de tomate et de feuilles de basilic, puis de fines tranches de bacon ou de poitrine fumée grillée. Étalez un peu de moutarde sur l'autre tranche de pain et posez-la sur le bacon.

SANDWICH TOMATE, JAMBON ET TAPENADE VERTE

Étalez de la tapenade sur les deux moitiés d'un morceau de baguette bien croustillante coupée en deux. Disposez par-dessus une tranche de jambon de Paris et des rondelles de tomate. Refermez la baguette.

SARDINES GRILLÉES

Pour 8 personnes
24 sardines environ

Choisissez de belles sardines bien brillantes chez votre poissonnier. Faites-les vider sans les écailler.

Allumez un feu ou un barbecue. Préparez des citrons frais, du beurre salé, différentes sortes de pains.

Faites griller les sardines 2 à 3 minutes de chaque côté. Préparez des petits toasts aux rillettes de sardine que vous grignoterez en surveillant la cuisson.

MAQUEREAUX GRILLÉS

Un merveilleux poisson plein de qualités : il est bon marché, très riche en Omega 3 et sans trop d'arêtes. Choisissez-le très frais. Comme il n'a pas d'écailles pour le protéger de la flamme, enrobez-le de feuilles de vigne, de figuier ou de citronnier, qui lui donneront un goût délicieux.

AVEC LE THERMOS DE CAFÉ

CLAFOUTIS RAISINS, POMMES ET NOIX

Pour 8 personnes
Préparation : 20 minutes
Cuisson : 40 minutes

15 cl de lait
125 g de beurre
4 pommes reine des reinettes
1 grappe de muscat
5 œufs
125 g de sucre
125 g de farine
75 g de cerneaux de noix

Préchauffez le four à thermostat 7 (210 °C). Beurrez un plat. Portez le lait à ébullition, retirez-le du feu et faites-y fondre le reste de beurre. Épluchez les pommes et coupez-les en morceaux. Égrappez le raisin. Disposez les fruits dans le plat. Mélangez les œufs et le sucre, ajoutez la farine puis le lait. Mélangez bien pour que la pâte soit bien homogène. Versez-la sur les fruits, parsemez de cerneaux de noix et faites cuire au four 40 minutes environ. Vérifiez la cuisson en enfonçant la lame d'un couteau : elle doit ressortir propre.

NOTE Vous pouvez ajouter à la pâte une cuillerée de rhum, de calvados ou de cognac.

QUATRE-QUARTS AU CITRON

Pour 8 personnes
Préparation : 15 minutes
Cuisson : 40 minutes

2 citrons
4 œufs
250 g de sucre
250 g de beurre ramolli
250 g de farine
2 cuillères à soupe d'eau de fleur d'oranger

Lavez les citrons et râpez finement le zeste. Préchauffez le four à thermostat 5/6 (160 °C). Séparez les blancs d'œufs des jaunes. Fouettez les jaunes avec le sucre jusqu'à ce que le mélange blanchisse et double de volume. Ajoutez ensuite, en continuant de fouetter et en alternant, le beurre et la farine. Ajoutez le zeste des citrons et l'eau de fleur d'oranger. Fouettez les blancs d'œufs en neige avec une pincée de sel et incorporez-les délicatement à la pâte. Versez la préparation dans un moule à manqué beurré.

Faites cuire au four 40 minutes environ. Vérifiez la cuisson en enfonçant la lame d'un couteau : elle doit ressortir propre.

NOTE Variez les plaisirs en remplaçant le citron par de l'orange ou de la mandarine. Pour changer les proportions, sachez que pour un quatre-quarts il faut le même poids de beurre, de sucre, de farine et d'œufs. En général, un œuf pèse entre 50 et 60 g.

CE SOIR, C'EST FÊTE

FÊTE BLANCHE

POURQUOI UNE FÊTE BLANCHE ? PARCE QUE C'EST TOUJOURS LA PLUS JOLIE DES FÊTES. BIEN QU'IL FAILLE SE MÉFIER DES SOIRÉES « À THÈME », LE BLANC FAIT TOUJOURS L'UNANIMITÉ. IL MET EN VALEUR UN TEINT HÂLÉ, REND PLUS FLUIDES LES SILHOUETTES, ET JETTE DE JOLIES LUEURS SUR LES OMBRES À LA TOMBÉE DU JOUR.

UNE TENUE

D'abord la tenue : le thème du blanc se décline facilement pour vos invités. Soirée improvisée ou non, il y a toujours une chemise blanche dans le dressing, un drap à transformer en sari, une cotonnade à trouver sur le marché, un tee-shirt en coton et un joli pantalon en toile, un jupon dans votre penderie et des tennis blanches indémodables... sans pour autant vous transformer en improbable candide et virginale maîtresse de maison ni vous la jouer péplum romain.

LA TABLE

Décoration et menu, buffet et tables se mettent au diapason. Sur la table, nappes blanches ou draps écrus, en tulle ou en satin, serviettes en tissu, brodées ou ajourées, ou simplement en papier, bougies flottantes ou, sur les chandeliers, hautes bougies blanches. Pour les bouquets, utilisez freesias, gypsophiles, lis, marguerites, arums, roses et branchages peints en blanc, que vous installerez dans de simples vases en porcelaine blanche. Sur la table, des manches de couvert à la vaisselle, tout est blanc comme neige.

LA DÉCO BLANCHE

LES FLEURS BLANCHES N'ONT RIEN À PROUVER DE LEUR PURETÉ ET LES NAPPES AMIDONNÉES ÉTALENT AVEC FIERTÉ BRODERIES ET DAMAS. LE BLANC N'ALTÈRE PAS LE DÉCOR, IL EN EST PARTIE INTÉGRANTE ET LE MET EN VALEUR PAR SA LUMINOSITÉ.

MENU... BLANC, ÉVIDEMMENT

Dans des corbeilles garnies de serviettes impeccables, les larges tranches de pain de mie à la farine toujours très claire s'accorderont avec tous les plats.

En décoration, dans des coupelles, et à servir au moment du dessert, bonbons blancs, dragées, Marshmallow, meringues, congolais, calissons et nougats.

Au menu : blanc de poulet, viandes blanches, choux-fleurs, pâtissons et endives, blanc de salades, céleri, blanc d'asperges.

Pour le plateau de fromages, vous trouverez beaucoup de croûtes blanches, sans oublier le fromage blanc accompagné de sucre en poudre.

C'est le festival du blanc monté en neige et du sucre glace largement saupoudré qui recouvre votre « caramia ». Avec les sauces, inventez des décors ivoire que viendront accompagner les couleurs opalines des desserts laiteux et l'albâtre des crèmes.

LES BOISSONS

Pour ce qui est des boissons, tout le monde ne boit pas que du lait... de vache. Pensez au lait de soja, au lait de coco qui apporte si bien sa blancheur parfumée à de nombreux cocktails, à l'ouzo grec qui voile l'eau fraîche d'un nuage laiteux... plus sérieusement, aux champagnes, aux nombreux vins pétillants, aux vins blancs secs et fruités à consommer avec modération, bien entendu ! Puis en fin de soirée, n'oubliez pas de servir quelques alcools... blancs évidemment.

L'ART DU CLAIR-OBSCUR

PAS UNE FÊTE SANS BOUGIES, PAS UN BAL SANS LAMPIONS, PAS UN DÎNER SANS CHANDELLES. À ÉVITER À TOUT PRIX : LES PLEINS FEUX, GENRE STADE DE FRANCE AVEC DES PROJECTEURS DE POURSUITE ! NON, IL FAUT ILLUMINER TOUT EN DOUCEUR ET SUBTILITÉ, JOUER D'UN CLAIR-OBSCUR QUI REND LE VISAGE DES FEMMES PLUS DOUX ET DONNE À VOTRE JARDIN UN RELIEF TOUT MYSTÉRIEUX...

POUR GUIDER VOS INVITÉS

Vos invités arrivent : pensez à éclairer le parking et le chemin qui mène à l'endroit de la réception. Cela évitera bien des chevilles tordues, des clefs de voiture perdues dans l'herbe et même, pour le retour, de chercher sa voiture à tâtons dans le noir. Pour le parking, soyez efficace, autorisez-vous quelques spots dits « de chantier » fixés à un poteau suffisamment haut. Sur le chemin, balisez de bougies en pots, très longue durée, dont la flamme résiste à tout, et indiquez l'entrée de la maison par de grosses torches ! Pots en terre cuite, verrines avec un petit couvercle perforé qui protège la flamme du vent, torches à planter dans l'herbe ou, plus modernes, des cordons électriques multi-ampoules à basse tension.

UNE AMBIANCE DE FÊTE

Vous poserez de petits quinquets sur les fenêtres, et si vous aimez l'ambiance « bal des pompiers », vous entourerez votre fête d'un cordon d'ampoules multicolores : l'effet est magique ! Gardez à l'esprit qu'un éclairage doit être suffisament haut.

MILLE FAÇONS D'Y VOIR CLAIR

Éclairez buffet et tables car dans un dîner, rien n'est plus pénible, voire dangereux, que la pénombre : bougies, cierges, photophores, bougies flottantes, chandeliers, pots de confiture, vérines de couleur, coupes en verre... N'hésitez pas à créer des effets d'accumulation, des ensembles, car la clarté si particulière des bougies mettra en beauté vos invités, qui pourront ainsi mieux se voir... et se servir au buffet sans prendre le sel pour le sucre !

ÉCLAIRAGE DE JARDIN

L'éclairage de jardin est plus difficile à réussir car il doit être à la fois subtil et requiert un matériel plus lourd. Évitez le spot trop direct, qui écraserait la beauté naturelle des végétaux. Oubliez les éclairages de couleur dans les arbres, et attachez-vous plutôt à créer un certain mystère, par des touches lumineuses, en quelques endroits choisis qui donnent de la profondeur au jardin. Souligner des marches, entourer une mare, éclairer une statue... pour tout cela, vous pourrez utiliser projecteurs et cordons lumineux, mais aussi bougies géantes, lampions de papier, lanternes en fer, lustres d'extérieur, qui se posent ou s'accrochent partout. Faites vos installations la veille pour pouvoir procéder aux essais de nuit, seuls garants de la qualité de votre éclairage.

SÉCURITÉ GARANTIE

Prévoyez une réserve de bougies, d'allume-feux, de recharge de pétrole, d'allumettes, de prises multiples, de rallonges, ainsi qu'une lampe torche à portée de main. Et si vous recevez à l'intérieur, ayez toujours à portée de main un extincteur et un seau d'eau, expérience oblige !

Pour les raccordements électriques extérieurs et les protections nécessaires, n'hésitez pas à vous faire assister de votre électricien, il pourra non seulement vous prêter du matériel, mais vous y gagnerez en temps et en sécurité. N'oubliez pas de désigner des responsables de l'allumage, car cela devient vite long et fastidieux si le vent s'en mêle.

LES COCKTAILS LIGHT

COCKTAILS POUR 6 PERSONNES ENVIRON

Verveine Coco

Faites infuser 5 minutes 4 branches de verveine (ou 6 sachets de verveine) et 1 cuillère à soupe de baies roses dans 1 l d'eau bouillante. Filtrez, ajoutez 10 cl de sirop de coco et le jus de 2 citrons verts. Servez très frais.

Lassi à la rose

Mixez 3 yaourts avec 3 glaçons, 10 cl d'eau de rose, 10 cl de sirop de rose et le jus d'un citron vert. Servez très frais, décoré de pétales de rose.

Thé vert gingembre

Faites infuser 2 cuillères à soupe de thé vert (ou 8 sachets) dans 1 l d'eau bouillante pendant 3 minutes. Retirez le thé et ajoutez du gingembre frais râpé. Laissez refroidir, filtrez et servez avec de fines tranches de citron vert.

Vous pouvez ajouter 2 à 3 cuillères à soupe de sucre ou de miel.

Melon concombre

Mixez la chair d'un melon et celle d'un concombre. Ajoutez 3 cuillères à soupe de sirop de framboise, 1/2 cuillère à café de muscade, le jus d'un citron et des glaçons.

Présentez dans une carafe décorée de feuilles de menthe.

Petites brochettes Khotao

Pour 8 personnes
Préparation : 20 minutes
Pas de cuisson

32 grosses crevettes roses cuites
50 g de gingembre mariné japonais en fines lamelles
3 mangues pas trop mûres
32 feuilles de basilic
poivre de Sichuan

Épluchez les mangues et coupez-les en dés. Décortiquez les crevettes. Sur des bâtonnets, piquez un dé de mangue, une feuille de basilic, une crevette et une lamelle de gingembre. Préparez ainsi toutes les brochettes (4 par personne). Déposez sur un plat et relevez de poivre du Sichuan.

Terrine de poisson en gelée d'herbes

Pour 8 personnes
Préparation : 45 minutes
Cuisson : 5 minutes
Temps de prise en gelée : 5 heures

5 filets de sole (300 g environ)
500 g de filet de saumon
150 g de crevettes roses décortiquées
1 l de moules de bouchot
2 sachets de gelée en poudre
2 verres de vin blanc sec
laurier
1/2 botte de cerfeuil
5 brins d'estragon ou 10 feuilles de basilic
1 botte de ciboulette

Pour servir
1 tube de mayonnaise
15 cl de crème fleurette
1 citron

Lavez les moules et mettez-les dans une casserole, sur feu vif, avec le laurier et le vin blanc. Quand elles sont ouvertes, retirez la casserole du feu, enlevez les coquilles. Filtrez le jus. Gardez les moules à part. Découpez le saumon en lamelles de 1 cm. Délayez la gelée dans 1 l d'eau froide et portez à ébullition en remuant de temps en temps. Retirez du feu et versez sur les filets de sole et le saumon. Laissez refroidir. Ôtez les filets de sole et coupez-les en lamelles. Égouttez le saumon. Versez un peu de gelée refroidie dans le fond d'un moule à savarin (à défaut, utilisez tout autre moule à bord haut). Mettez au réfrigérateur et laissez prendre. Pendant ce temps, ciselez les herbes et mélangez-les. Parsemez le fond du moule d'un peu d'herbes. Mélangez les crevettes, les moules, la sole, le saumon et la moitié des herbes, et versez ce mélange dans la terrine. Versez par-dessus le reste de gelée. Couvrez d'un film plastique et laissez prendre au réfrigérateur 5 heures. Au moment de servir, démoulez et décorez d'un peu d'herbes fraîches. Servez avec la sauce : fouettez la crème bien froide et mélangez-la avec la mayonnaise, le jus de citron et le reste des herbes.

NOTE Pour démouler la terrine, plongez le moule 1 minute dans de l'eau chaude.

La mousse de crabe de Paul

Pour 8 personnes
Préparation : 10 minutes
Pas de cuisson

1 boîte de crabe en miettes de 250 g
quelques gouttes de citron pressé
sel, poivre
quelques gouttes de Tabasco
3 grandes cuillères de mayonnaise
1 cuillerée à soupe de coulis de tomate
petits toasts grillés à tartiner

Laissez égoutter la boîte de crabe. Mélangez les miettes de crabe, les gouttes de citron et de Tabasco, le sel et le poivre, les cuillères de mayonnaise et le coulis de tomate.
Faites une préparation onctueuse en ajoutant si nécessaire un peu de crème fraîche pour assouplir la mousse.

Mettez au frais 2 heures avant de servir pour ensuite tartiner la préparation sur des toasts ou des tartines grillées que vous couperez en petits dés.

DES SOUPES FROIDES OU CHAUDES...

COURGETTES À L'ESTRAGON

Pour 8 personnes
Préparation : 15 minutes
Cuisson : 20 minutes

6 ou 7 courgettes moyennes
1 fromage de chèvre frais
2 gousses d'ail
4 brins d'estragon
2 ou 3 cuillères à soupe d'huile d'olive

Lavez les courgettes, ne les épluchez pas. Coupez-les en grosses rondelles et faites-les cuire avec l'ail, recouvertes d'un litre d'eau salée, pendant 20 minutes. Mixez-les avec le fromage de chèvre frais, les feuilles d'estragon et l'huile d'olive. Goûtez et rectifiez l'assaisonnement et la consistance : ajoutez de l'eau si vous trouvez la soupe trop épaisse.

NOTE Vous pouvez remplacer l'estragon par du basilic ou du thym. Dans ce cas, faites-le cuire avec les courgettes. Le chèvre frais donne un côté acidulé très agréable, mais vous pouvez le remplacer par de la crème fraîche ou du Saint-Moret.

VELOUTÉ DE POIVRONS AUX MOULES

Pour 8 personnes
Préparation : 30 minutes
Cuisson : 40 minutes

3 poivrons rouges
1 kg de moules
1 oignon
2 gousses d'ail
25 cl de vin blanc sec
150 g de crème fraîche
2 doses de safran
2 cuillères à soupe d'huile d'olive

Lavez les moules, mettez-les dans une casserole avec le vin blanc, sur feu vif, et laissez-les s'ouvrir. Dès qu'elles sont ouvertes, sortez-les de leur coquille. Filtrez le jus. Épluchez et hachez l'oignon et l'ail et faites-les blondir dans l'huile d'olive.

Ajoutez les poivrons épépinés et coupés en morceaux, remuez et laissez cuire 30 minutes. Ne salez pas : le jus des moules est déjà assez salé. Faites tremper le safran dans un demi-verre d'eau tiède. Quand les poivrons sont cuits, mixez-les avec le safran, la crème fraîche et le jus des moules. Réchauffez, rectifiez l'assaisonnement. Répartissez les moules dans des bols et couvrez-les de velouté. Servez chaud ou froid.

AVOCAT AU LAIT DE COCO

Pour 8 personnes
Préparation : 10 minutes
Pas de cuisson

4 avocats
25 cl de lait de coco
1 cuillère à soupe de bouillon de légumes déshydraté
1/2 litre d'eau bouillante
2 cuillères à soupe de jus de citron vert
quelques gouttes de Tabasco

Épluchez les avocats et mixez-les avec l'eau bouillante, le bouillon de légumes, le lait de coco, le jus de citron et le Tabasco. Salez, poivrez, rectifiez l'assaisonnement et servez bien frais.

Velouté de betterave à l'orange

Pour 8 personnes
Préparation : 10 minutes
Pas de cuisson

1 betterave cuite de 800 g
1 concombre
1 oignon blanc
15 cl de jus d'orange
1 cuillère à soupe de vinaigre de Xérès
2 ou 3 cuillères à soupe d'huile d'olive

Épluchez la betterave, coupez-la en morceaux. Lavez le concombre, coupez-le en morceaux. Mixez-les avec les autres ingrédients, 75 cl d'eau, du sel et du poivre. Rectifiez l'assaisonnement. Décorez de zeste d'orange et servez bien frais.

Tagliatelles de courgettes

Pour 8 personnes
Préparation : 15 minutes
Pas de cuisson

6 à 8 petites courgettes très fermes et très fraîches
75 g de pignons
4 cuillères à soupe d'huile de noisette
le jus d'un citron
1 botte de ciboulette

Faites dorer les pignons dans une poêle. Préparez l'assaisonnement en mélangeant sel, poivre, jus de citron et huile de noisette. Lavez les courgettes. À l'aide d'un couteau économe, prélevez des lanières de chair sur toute la longueur. Disposez-les au fur et à mesure dans des assiettes ou un grand plat. Parsemez de ciboulette ciselée et de pignons dorés. Versez l'assaisonnement et servez aussitôt.

Note Impossible de préparer cette salade à l'avance, le sel de la sauce au citron ferait dégorger les courgettes.

Salade de pommes de terre

Pour 8 personnes
Préparation : 30 minutes
Cuisson : 30 minutes

2 kg de pommes de terre Belle de Fontenay ou BF 15
3 verres de vin blanc sec
3 branches de céleri
300 g de poitrine fumée coupée en petits lardons
5 échalotes
2 oignons moyens
1 botte de ciboulette
1 botte d'estragon

Vinaigrette
2 cuillères à soupe de moutarde forte
5 cuillères à soupe d'huile de tournesol
2 cuillères à soupe d'huile de noix
3 cuillères à soupe de vinaigre de vin

Épluchez les pommes de terre. Faites-les cuire à la vapeur en surveillant la cuisson : la chair doit rester ferme. Rincez les branches de céleri et coupez-les en petits dés. Épluchez les échalotes et les oignons et émincez-les. Faites revenir les lardons dans une poêle. Quand les pommes de terre sont cuites, attendez qu'elles soient tièdes avant de les couper en rondelles. Dans un grand saladier, versez les rondelles de pommes de terre, le vin blanc sec, les lardons avec leur graisse, les dés de céleri, les échalotes et les oignons coupés, la ciboulette et l'estragon ciselés. Faites une vinaigrette un peu relevée, versez-la sur la salade de pommes de terre encore tiède et mélangez bien.

Méli-mélo de roquette et bœuf au sésame

Pour 8 personnes
Préparation : 10 minutes
Cuisson : 4 minutes
Temps de marinade : 1 heure

600 g de faux-filet de bœuf
250 g de roquette
16 filets d'anchois à l'huile
3 cuillères à soupe de graines de sésame
2 cuillères à soupe de vinaigre de Xérès
1 cuillère à soupe de cognac
6 cuillères à soupe d'huile d'olive

Découpez le faux-filet en lamelles de 1/2 cm d'épaisseur. Mélangez l'huile, le vinaigre et le cognac puis versez ce mélange sur les lamelles de viande et laissez-les mariner 1 heure.

Lavez et essorez la roquette. Au moment de servir, étalez la roquette sur un grand plat. Faites chauffer une poêle antiadhésive sur feu très vif et mettez-y la viande ; faites-la revenir pendant 4 minutes environ sans cesser de remuer avec 2 cuillères en bois. Salez et poivrez les lamelles de viande avant de les déposer sur la roquette. Décorez de filets d'anchois. Saupoudrez de graines de sésame et servez aussitôt.

Note Cresson ou salade mélangée peuvent remplacer la roquette.

Kedgeree

Pour 8 personnes
Préparation : 30 minutes
Cuisson : 40 minutes

500 g de riz basmati
1 filet de 1 kg de haddock
4 œufs
300 g de petits pois écossés
2 oignons
1/2 l de lait
100 g de beurre
3 yaourts veloutés
1 cuillère à soupe de curcuma
quelques brins de ciboulette
2 feuilles de laurier
10 brins de coriandre

Faites cuire les œufs dans de l'eau bouillante pendant 10 minutes, passez-les sous l'eau froide, écalez-les. Mettez le haddock dans une casserole, versez le lait dessus et complétez avec de l'eau froide pour le recouvrir totalement. Ajoutez quelques grains de poivre et les feuilles de laurier. Portez doucement à ébullition et laissez frémir 5 minutes. Retirez du feu, laissez le haddock 5 minutes dans le lait avant de l'égoutter. Enlevez la peau du haddock et détaillez-le en petits morceaux. Faites cuire le riz dans une grande quantité d'eau salée pendant 9 minutes. Égouttez-le et rincez-le à l'eau froide. Épluchez et hachez les oignons puis faites-les blondir dans une grande sauteuse, avec la moitié du beurre. Ajoutez le riz et les petits pois, saupoudrez de curcuma, mélangez et faites réchauffer sur feu doux.
Après 5 minutes, ajoutez les morceaux de haddock et le reste du beurre. Poivrez, mélangez bien et réservez au chaud. Hachez grossièrement les œufs durs et répartissez-les sur le riz.
Servez avec le yaourt à part bien frais additionné de ciboulette et de coriandre ciselées.

Bricks au fromage

Pour 8 personnes : 16 bricks
Préparation : 30 minutes
Cuisson : 20 minutes

16 feuilles de brick
250 g de feta
150 g de fromage blanc
2 œufs
4 brins d'aneth
4 brins de thym
3 cuillères à soupe d'huile d'olive

Préchauffez le four à thermostat 6 (180 °C). Fouettez le fromage blanc avec la feta écrasée à la fourchette, les œufs, l'aneth ciselé, le thym émietté et 2 cuillères à soupe d'huile d'olive. Ne salez pas, la feta l'est déjà assez. Étalez les feuilles de brick et disposez au milieu une cuillerée de fromage.
Pliez la feuille pour enfermer le fromage en formant des triangles (le mode d'emploi se trouve sur l'emballage). Disposez les bricks sur la plaque du four huilée. Avec un pinceau, badigeonnez-les d'un peu d'huile d'olive et faites-les cuire 20 minutes.

NOTE Vous pouvez utiliser des restes de fromage.

Curry d'agneau au lait de coco

Pour 8 personnes
Préparation : 20 minutes
Cuisson : 50 minutes

1,25 kg d'épaule d'agneau coupée en morceaux
3 pommes
2 poivrons rouges
2 boîtes de lait de coco (40 cl x 2)
1 boîte 4/4 de pulpe de tomate
3 cuillères à soupe de curry en poudre
3 oignons
2 gousses d'ail
1 cuillère à soupe de gingembre frais râpé
3 cuillères à soupe d'huile

Pour accompagner
500 g de riz basmati
5 clous de girofle
50 g de pistaches
1 cuillère à soupe de graines de fenouil
2 mangues pas trop mûres
piment en poudre

Épluchez et hachez l'ail et les oignons, faites-les blondir dans l'huile, dans une grande cocotte. Ajoutez les morceaux d'agneau, saupoudrez de curry et de gingembre et faites revenir sur feu doux en retournant souvent la viande. Versez la pulpe de tomate, le lait de coco, salez, mélangez puis laissez mijoter à feu doux 20 minutes ; ajoutez les pommes et les poivrons épluchés, épépinés et coupés en morceaux, et continuez la cuisson à feu doux 20 minutes.

Pendant ce temps, faites cuire le riz basmati à l'eau salée avec les clous de girofle et les graines de fenouil, selon le temps de cuisson indiqué ; égouttez le riz et rincez-le rapidement sous l'eau froide. Mélangez avec les pistaches et réchauffez à feu doux ou, mieux, au micro-ondes.

Épluchez les mangues et coupez-les en cubes. Saupoudrez-les d'un peu de piment en poudre.

Cocotte de calamars au chorizo

Pour 8 personnes
Préparation : 30 minutes
Cuisson : 1 heure 15
Temps de trempage : 12 heures

1,5 kg de calamars
1 kg de haricots tarbais
300 g de chorizo
750 g de pulpe de tomate (1 boîte 4/4)
3 oignons
3 gousses d'ail
2 feuilles de laurier
2 brins de romarin
5 cuillères à soupe d'huile d'olive

Faites tremper pendant 12 heures les haricots dans de l'eau froide. Mettez-les dans une casserole, recouvrez-les d'eau froide, ajoutez 1 oignon et le laurier puis faites cuire à feu doux pendant 45 minutes. Pendant ce temps, lavez et nettoyez les calamars et coupez-les en tronçons. Ôtez la peau du chorizo et coupez-le en tranches fines.

Dans une cocotte, faites revenir les deux oignons restants, émincés, avec 2 cuillères à soupe d'huile d'olive ; ajoutez le romarin et l'ail émincé. Laissez cuire à feu doux 10 minutes puis ajoutez la pulpe de tomate et le chorizo. Laissez mijoter 10 minutes, ajoutez les haricots égouttés. Dans une poêle, faites sauter vivement les calamars avec le reste d'huile d'olive pendant 3 minutes, sans cesser de remuer. Versez-les aussitôt dans la cocotte, mélangez délicatement pour ne pas casser les haricots et laissez mijoter à feu doux 30 minutes. Goûtez pour vérifier l'assaisonnement.

NOTE Pour gagner du temps, utilisez des haricots en boîte déjà cuits. Ne salez pas les haricots pendant la cuisson car le chorizo est déjà salé.

PINTADE RÔTIE ET SA COMPOTE AUX ÉPICES

Pour 8 personnes
Préparation : 30 minutes
Cuisson : 30 minutes

2 pintades fermières
3 échalotes
2 bâtons de cannelle
1 cuillerée à soupe de poivre mélangé
1 citron vert
4 cuillerées à soupe d'huile d'olive

Pour la compote aux épices
2 pommes
20 abricots secs
50 g de raisins secs
2 oignons violets
1 noix de gingembre frais râpée
2 cuillères à soupe de vinaigre de cidre
50 g de beurre
1 cuillère à soupe d'huile d'olive
1 pincée de sel

Pour accompagner
500 g de riz basmati
75 g de pistaches
70 g de beurre

Demandez au boucher de couper les pintades en quatre. Préchauffez le four à thermostat 6 (180 °C).

Disposez les morceaux de pintade sur la lèchefrite du four avec les échalotes épluchées et coupées en quatre. Arrosez-les d'un filet d'huile d'olive et de jus de citron vert. Salez, parsemez de poivre et de cannelle. Faites cuire au four pendant 30 minutes, en arrosant à deux ou trois reprises. Pendant la cuisson, épluchez et émincez les oignons, faites-les blondir à feu doux dans le beurre et l'huile. Ajoutez le gingembre frais râpé, les abricots coupés en quatre, les raisins secs et les pommes épluchées et coupées en cubes. Salez légèrement, poivrez, versez le vinaigre et laissez mijoter 20 minutes environ. Réservez au chaud.

Faites cuire le riz dans de l'eau salée selon le temps de cuisson indiqué, égouttez. Faites-le réchauffer et incorporez le beurre et les pistaches concassées. Servez la pintade avec le riz et la compote à part.

DES ACCOMPAGNEMENTS

Clafoutis aux légumes de Provence

Pour 8 personnes
Préparation : 30 minutes
Cuisson : 1 heure

2 aubergines
2 oignons
3 courgettes
2 poivrons rouges
2 gousses d'ail
4 belles tomates
4 œufs
200 g de farine
25 cl de crème liquide
3 cuillères à soupe d'huile d'olive
50 g de fromage râpé
thym, romarin

Préchauffez le four à thermostat 6 (180 °C). Lavez les aubergines, les courgettes et les tomates puis coupez-les en morceaux. Répartissez-les directement dans un plat allant au four, en les mélangeant. Ajoutez les oignons et l'ail hachés, les poivrons épépinés et coupés en morceaux. Arrosez d'huile d'olive, salez, poivrez, parsemez de thym et de romarin. Faites cuire au four 30 minutes en mélangeant à deux ou à trois reprises. Pendant la cuisson, mélangez les œufs entiers avec la farine et la crème. Ouvrez le four et versez ce mélange sur les légumes après 30 minutes de cuisson. Parsemez de fromage râpé et continuez la cuisson 30 minutes.

Crumble de tomate au parmesan

Pour 8 personnes
Préparation : 30 minutes
Cuisson : 1 heure

1,5 kg de tomates
100 g de farine
100 g de beurre salé
75 g de chapelure grossière
75 g de parmesan râpé
30 g de pignons
1 fromage de chèvre frais (150 g)
10 cl de crème liquide
5 cuillères à soupe d'huile d'olive
thym, romarin

Pelez et épépinez les tomates et coupez-les en quatre. Disposez-les dans un moule en terre huilé. Salez, poivrez, parsemez d'un peu de thym et de romarin ciselé, arrosez d'un filet d'huile d'olive ; faites cuire au four préchauffé à thermostat 4 (120 °C) pendant 30 minutes.
Pendant ce temps, préparez la pâte : mélangez rapidement la farine, la chapelure, la moitié du parmesan râpé et le beurre ramolli.
Ajoutez 1 à 2 cuillères à soupe d'huile d'olive jusqu'à ce que la pâte soit granuleuse, comme une pâte à crumble. Répartissez-la sur les tomates.
Parsemez de pignons, ajoutez un peu de thym et de romarin et arrosez du reste d'huile d'olive. Faites cuire au four préchauffé à thermostat 7 (200 °C) pendant 25 à 30 minutes jusqu'à ce que le crumble soit doré et croustillant. Fouettez la crème liquide bien froide et mélangez-la avec le fromage de chèvre frais. Servez le crumble tiède avec la crème bien froide.

NOTE Si, après 30 minutes de cuisson, il reste beaucoup d'eau dans les tomates, égouttez-les avant de les parsemer de crumble.

Papillons aux brocolis et tomates cerises

Pour 8 personnes
Préparation : 10 minutes
Cuisson : 15 minutes

700 g de papillons
1 tête de brocoli
1 barquette de tomates cerises
3 gousses d'ail
6 cuillères à soupe d'huile d'olive
2 brins de romarin
1 piment oiseau

Épluchez et émincez les gousses d'ail et faites-les blondir sur feu doux dans 2 cuillères à soupe d'huile d'olive avec le piment oiseau écrasé et le romarin. L'ail doit être à peine doré et ne doit surtout pas noircir, car il deviendrait amer. Faites cuire les fusilli dans une grande quantité d'eau bouillante salée selon le temps de cuisson indiqué.
Pendant ce temps, lavez le brocoli, détaillez la tête en petits bouquets et la tige en petits morceaux. Cinq minutes après le début de la cuisson des fusilli, ajoutez le brocoli. Poursuivez la cuisson 6 minutes et ajoutez les tomates cerises. Égouttez les pâtes, versez aussitôt l'huile d'olive parfumée ; retirez le romarin, mélangez et servez aussitôt.

DES FRUITS FRAIS

Abricots rôtis au romarin

Pour 8 personnes
Préparation : 10 minutes
Cuisson : 10 minutes

1 kg d'abricots
75 g de beurre
100 g de sucre en poudre
2 brins de romarin

Lavez les abricots, ouvrez-les et ôtez les noyaux. Faites chauffer le beurre dans une grande poêle antiadhésive et faites-y dorer les abricots pendant quelques minutes avec le romarin.
Saupoudrez de sucre et continuez la cuisson jusqu'à ce que le jus commence à caraméliser. Servez avec de la glace à la pistache.

Mille-feuille glacé à la pomme verte

Pour 8 personnes
Préparation : 20 minutes
Pas de cuisson

8 pommes vertes granny smith
75 cl de sorbet à la pomme
un dizaine de feuilles fraîches de verveine ou de menthe

Nettoyez les pommes, retirez le trognon avec un couteau économe en veillant à ne pas casser les pommes puis coupez-les en rondelles très fines. Disposez dans des verres larges ou sur des assiettes une rondelle de pomme sur laquelle vous poserez un peu de sorbet. Aplatissez légèrement la glace, posez une nouvelle rondelle de pomme – vous pouvez faire deux « étages » – et décorez le dessus de ce mille-feuille avec une feuille de verveine ou de menthe. Servez sans attendre.

NOTE Servez ce dessert avec du coulis de framboise ou éventuellement un petit verre de calvados.

Salade de pêches au lait de coco

Pour 8 personnes
Préparation : 15 minutes
Cuisson : 2 minutes

10 pêches
25 cl de lait de coco
75 g de sucre
1 citron vert

Plongez les pêches dans de l'eau bouillante 30 secondes, puis dans de l'eau froide ; ôtez la peau et les noyaux, coupez la chair en gros morceaux.
Arrosez-les de jus de citron vert, saupoudrez-les de sucre et mélangez délicatement. Versez le lait de coco dessus et mettez au frais 30 minutes avant de servir.

DES COUPES DE FRUITS D'ÉTÉ

MELON, KIWIS ET FRAISES

Pour 8 personnes
Préparation : 20 minutes
Pas de cuisson
Repos : 30 minutes

500 g de fraises
5 kiwis
1 beau melon
50 g de sucre
10 feuilles de menthe

Épluchez les kiwis et coupez-les en cubes. Coupez le melon en deux, ôtez les pépins et coupez la chair en cubes de la même taille que les cubes de kiwi. Lavez et équeutez les fraises, coupez les plus grosses en deux. Mélangez délicatement les fruits dans un saladier ; saupoudrez de sucre et parsemez de feuilles de menthe ciselées. Laissez au frais 30 minutes avant de servir.

FRAISES À LA VERVEINE

Pour 8 personnes
Préparation : 15 minutes
Cuisson : 2 minutes
Repos : 1 heure

1,5 kg de fraises Mara des bois
1 citron
75 g de sucre
3 brins de verveine fraîche

Portez à ébullition 1/2 l d'eau. Retirez du feu et mettez-y la verveine et le sucre ; laissez infuser 10 minutes. Pendant ce temps, lavez et équeutez les fraises. Coupez les plus grosses en deux, arrosez-les de jus de citron puis de l'infusion de verveine encore chaude. Laissez au frais 1 heure avant de servir.

PÊCHES À L'AMARETTO

Pour 8 personnes
Préparation : 15 minutes
Pas de cuisson
Temps de réfrigération : 1 heure

1,5 kg de pêches blanches (soit environ 12 pêches)
8 cuillères à soupe de sucre de canne
75 cl d'Amaretto
75 g d'amandes effilées

Choisissez de belles pêches blanches, pelez-les et coupez-les en gros dés. Mettez les morceaux de pêche dans de larges verres ballon, saupoudrez de sucre de canne puis arrosez de liqueur. Laissez environ 1 heure au réfrigérateur. Au moment de servir, versez en pluie les amandes effilées.

NOTE Accompagnez ces pêches d'un quatre-quarts coupé en tranches fines. L'Amaretto est une liqueur italienne à base d'amande amère.

Petits pots de riz au lait à la vanille

Pour 8 personnes
Préparation : 10 minutes
Cuisson : 20 minutes

300 g de riz rond arborio
2 gousses de vanille
75 cl de lait
4 cuillères à soupe de crème fraîche
100 g de sucre

Versez le riz dans une casserole d'eau bouillante légèrement salée. Faites-le cuire 5 minutes, égouttez-le et remettez-le dans la casserole avec le lait chaud et les gousses de vanille fendues. Laissez mijoter 10 à 15 minutes jusqu'à ce que le lait soit presque entièrement absorbé. Goûtez pour vérifier qu'il est bien cuit, retirez du feu et grattez l'intérieur des gousses de vanille. Versez le sucre et la crème fraîche, mélangez et laissez refroidir.

Note Vous pouvez remplacer la crème fraîche par du lait de coco. Servez ce riz accompagné d'une compote de fruits de saison : abricots, pêches, poires, pommes, mangues...

Vacherin

Pour 8 personnes
Préparation : 15 minutes
Pas de cuisson

1 litre de glace ou de sorbet
1 coque à vacherin
décors en sucre

Demandez à votre pâtissier de réaliser une coque à vacherin en meringues de 24 cm de diamètre environ (ce n'est pas la confection des meringues qui est difficile, mais leur assemblage). Délicatement, sans la casser, remplissez-la, en deux temps, de deux glaces ou sorbets différents ; laissez-les au préalable se ramollir légèrement à température ambiante. Étalez la première glace au fond, mettez le vacherin au congélateur jusqu'à ce que la glace ait durci, et versez l'autre par-dessus. Remettez aussitôt le vacherin au congélateur. Fouettez 30 cl de crème fleurette bien froide et recouvrez-en le vacherin. Décorez selon votre inspiration de perles en sucre de couleurs, de pétales de fleurs – naturels ou cristallisés – ou de fruits rouges. Replacez au congélateur. Sortez le vacherin 15 minutes avant de le servir en été, 30 minutes si la température est plus fraîche.

Note Les décors en sucre s'achètent au rayon pâtisserie des grandes surfaces. Ce dessert délicieux et très léger fait beaucoup d'effet.

Délice rose framboise pistache

Pour 8 personnes
Préparation : 30 minutes
Cuisson : 45 minutes

Pour le biscuit pistache
100 g de pistaches vertes décortiquées
200 g de beurre
120 g de farine
200 g de sucre en poudre
4 œufs
1 cuillère à soupe d'eau de fleur d'oranger

Pour la garniture
350 g de framboises
25 cl de crème fleurette
5 cl de sirop de rose
2 cuillères à soupe de sucre glace

Préparez le biscuit : mixez les pistaches avec la moitié du sucre jusqu'à ce que le mélange soit bien homogène. Préchauffez le four à thermostat 5 (150 °C). Fouettez le beurre mou avec le reste de sucre. Quand il devient mousseux, ajoutez, tout en continuant de fouetter, les œufs entiers, la farine, puis le mélange de sucre et de pistache, et enfin l'eau de fleur d'oranger. Versez dans un moule à manqué beurré de 24 cm de diamètre et faites cuire au four 45 minutes. Vérifiez la cuisson en enfonçant la lame d'un couteau dans le biscuit : elle doit ressortir propre. Laissez refroidir avant de démouler. Fouettez la crème bien froide ; quand elle devient ferme, versez le sirop de rose tout en continuant de fouetter. Recouvrez-en le biscuit et décorez de framboises. Saupoudrez d'un nuage de sucre glace.

Note Le sirop de rose se trouve dans les épiceries orientales.

DÎNER AUX CHANDELLES

SORTEZ L'ARGENTERIE

SOIRÉE RAFFINÉE AVEC QUELQUES CONVIVES, DÎNETTE EN AMOUREUX OU LÉGER SOUPER APRÈS UN SPECTACLE, UN DÎNER AUX CHANDELLES EST MERVEILLEUX À PRÉPARER POUR CEUX QUI AIMENT L'ALLIANCE D'UN DÉCOR SOIGNÉ ET D'UNE FÊTE INTIME.C'EST LE MOMENT DE SORTIR DES ÉTAGÈRES PORCELAINE OU FAÏENCE ANCIENNE, SERVICE DE FAMILLE OU LE DERNIER ENSEMBLE CHINÉ CHEZ VOTRE BROCANTEUR PRÉFÉRÉ.

LA NAPPE

Comme préambule à toute mise en place, il est indispensable de poser sur votre table un molleton assez épais qui assurera un tombé impeccable de la nappe. La nappe blanche est sans nul doute la plus raffinée. Elle se marie avec souplesse à la transparence colorée des vins, sans jurer avec les couleurs des robes de vos amies. Pour commencer, bien centrer la nappe sur la table en veillant à ce qu'elle retombe de chaque côté de manière égale. Il y a plusieurs versions dans le nappage : personnellement, je préfère que la nappe effleure le sol de tous côtés. Cependant, si vous n'avez pas de nappe assez longue, vous pouvez mettre une grande toile de fond (drap ancien, tissu de couleur pour jouer avec le service de table, serviettes et fleurs) qui retombe jusqu'au sol et une ravissante sur-nappe. Passez un coup de fer au dernier moment si la nappe est fripée ou trop pliée avant de mettre votre couvert.
Dernière remarque, une nappe carrée posée sur une table ronde doit avoir ses quatre coins égaux qui descendent jusqu'au sol.

LES ASSIETTES

Si le service n'est pas complet, vous pouvez utiliser des assiettes différentes au cours du dîner ; essayez cependant de rester dans les mêmes coloris. Rincez-les à l'eau claire.
Il y a trois types d'assiettes : creuses pour le potage, grandes et plates pour les entrées et le plat principal, et petites et plates pour le fromage et le dessert. Les assiettes à fromage et à dessert doivent patienter sur une desserte ou à la cuisine, et si vous servez un potage, seules les assiettes creuses peuvent être posées à l'avance sur l'assiette plate. Les assiettes doivent être disposées à trois centimètres du bord de la table avec un espace de soixante centimètres entre chaque. Respectez le sens du décor ou du chiffre. N'oubliez pas de vérifier l'emplacement des pieds de la table pour éviter des situations inconfortables qui vous gâchent un dîner. Pour un dîner élégant, il faut changer d'assiette à chaque plat, éventuellement, entre amis, gardez la même assiette pour la salade et le fromage. Si vous avez le temps, préchauffez les assiettes si le plat principal est chaud, mais attention de ne pas les apporter brûlantes ! Pensez aussi à l'assiette à pain ou une petite corbeille à pain. Placez-les à droite de l'assiette, à côté des verres. Les porte-couteaux se placent à droite de l'assiette, ils sont utiles pour garder une belle nappe. Pensez à les enlever au fromage.

LES COUVERTS

En métal argenté ou en argent, les couverts, bien propres et brillants, parfaitement alignés à trois centimètres du bord de la table, seront posés de part et d'autre de l'assiette dans l'ordre d'utilisation, depuis l'extérieur vers l'assiette. Fourchette à gauche, dents contre la nappe, et couteau à droite, le tranchant vers l'assiette. La partie bombée des couverts est, en France, placée en dessus, ce qui autrefois permettait de faire apparaître la gravure du chiffre ou des armoiries. La cuillère à potage, à droite du couteau, est également disposée creux vers la table. Toutes les petites fourchettes, à huîtres ou à fondue, ainsi que la pince à escargots, se trouveront à côté du couteau. Pour les couteaux à fromage et les couverts à dessert : deux façons de faire s'offrent à vous. L'une très répandue, à l'anglaise, qui autorise à les placer, dès le début du dîner, entre le verre et l'assiette. Le couteau à fromage, tranchant vers l'assiette, manche à droite, est placé le plus près des verres, car c'est celui dont on se sert en premier. Fourchettes et cuillères, pointées vers la table, ont le manche à droite. L'autre possibilité, si vous êtes servie, est de préparer en cuisine les couverts correspondants à chaque assiette avant qu'ils ne soient remis par la suite à chaque convive. Ne pas oublier de sortir les couverts de service pour les plats. Ils attendront sagement sur une desserte ou à portée de main de la maîtresse de maison.

LES VERRES

Faites briller cristaux et verrerie, sans oublier carafes à eau et à vin, car aucune bouteille ne doit apparaître sur la table. On ne mettra jamais moins de deux verres ; il faudra donc prévoir de la place dans le lave-vaisselle ! Par ordre décroissant, de gauche à droite, disposez les verres comme suit : coupe ou flûte pour le champagne, puis verre à eau, verre à vin rouge et verre à vin blanc. Si vous changez de vin, même en gardant la couleur, le raffinement exige que l'on change le verre...
Dans les régions de l'Est, vous trouverez des verres à vin blanc en cristal de couleur. Si là encore vous n'avez pas non plus tout le service assorti, il est tout à fait possible de mélanger de jolis verres dépareillés. Chinez ici et là, choisissez-les à pied, gravés, ou en cristal, mais toujours des verres fins à présenter comme une collection. Vous pouvez mettre aussi en guise de verre à eau, une timbale en argent qui captera chaque rayon de bougie.

Jeanne

PLANTEZ LE DÉCOR

LA DÉCORATION ET L'AMBIANCE

Les deux touches finales d'une jolie table sont comme le coup de blush rosé sur les pommettes et le trait de rouge à lèvres qu'une jolie femme pose au dernier moment : ce sont les fleurs et les bougies. Laissez libre cours à votre imagination !
Et là encore, s'il n'y a pas de règle absolue, la sobriété et l'unité demeurent les règles de l'art. Bougeoirs, chandeliers, photophores, chemin de bougies seront arrortis à l'ensemble de votre couvert... Veillez seulement à ce que les invités puissent se voir et discuter, sans être importunés par une flamme à hauteur des yeux. Il en est de même pour la hauteur des vases et du bouquet, en veillant à respecter l'harmonie des couleurs et à ne pas prendre de fleurs aux parfums trop puissants. Pétales de fleurs jetés sur la nappe, multitude de petits bouquets présentés dans des verres bas ou des petites timbales, bouquets de part et d'autre de la table, des roses coupées au ras déposées sur l'eau dans une large vasque au milieu de bougies flottantes, guirlande de lierre au centre de la table... Choisissez parmi ces idées, sans vous lancer dans un concours floral. Allumez les lustres selon le style du dîner, s'ils sont équipés de variateur c'est encore mieux.
N'oubliez pas de prévoir des cendriers pour les derniers accros au tabac; gardez-les à portée de main, mais pas sur la table, pour les donner à vos invités à leur demande.

LA PLAN DE TABLE

Si vous avez beaucoup de monde à dîner, prévoyez un plan de table et des marque-places. Cela vous évitera bien des impairs et des doutes au dernier moment. Les marque-places peuvent être découpés dans une feuille blanche de papier bristol suffisamment épaisse pour être pliée en deux et tenir sur la table. Découpez juste la taille nécessaire au nom ou prénom, ou plus simplement achetez-les tout prêt.
Le marque-place peut être posé à côté des verres, sur le verre à eau ou sur la serviette. Si le principe du marque-place vous déplaît, faites votre plan de table que vous glisserez sous votre assiette ; c'est alors à vous de jouer, quand vient le moment de passer à table, pour placer vos invités sans aboyer ni brandir votre papier, mais avec un peu d'humour...

MADAME EST SERVIE

Lorsque le dîner est prêt, allumez bougeoirs et chandeliers puis invitez vos amis à vous suivre dans la salle à manger. Ne choisissez pas ce moment précis pour disparaître à la cuisine pour vérifier que tout va bien, car vos invités attendront après vous pour s'asseoir. Veillez tout au long du dîner à ce que chacun ne manque de rien, sachez animer la conversation en relançant les discussions. Vous prendrez soin, ainsi, que vos amis passent une soirée sans se chamailler sur des sujets qui fâchent.

LE PLATEAU DE FRUITS DE MER

LA PLUPART DES POISSONNIERS PRÉPARENT DES PLATEAUX DE FRUITS DE MER POUR PEU QU'ON LES LEUR COMMANDE À L'AVANCE. LA RÉUSSITE D'UN PLATEAU DE FRUITS DE MER TIENT AVANT TOUT À LA FRAÎCHEUR DES PRODUITS. VOICI QUELQUES CONSEILS SUR LES QUANTITÉS À PRÉVOIR POUR 8 PERSONNES.

48 à 56 huîtres, c'est-à-dire 6 à 8 huîtres par personne.
En proposant 2 ou 3 variétés, claires, fines de claire, pleine mer, belon...
100 g de crevettes grises
100 g de crevettes roses
150 g de bigorneaux
150 g de bulots
8 langoustines
8 praires, 8 palourdes et 8 amandes de mer
4 tourteaux, chacun coupé en deux, ou 4 étrilles ou 4 araignées
20 grosses moules d'Espagne

Faites votre choix selon les saisons et ce que vous trouvez sur les marchés ou encore ce que vous aurez ramassé.

Disposez les fruits de mer sur un lit d'algues, c'est préférable à la glace, qui, en refroidissant trop les fruits de mer, leur enlève du goût. S'il fait chaud, recouvrez d'algues un lit de glace pilée. Ainsi les fruits de mer ne seront pas en contact direct avec la glace.

Servez en accompagnement : du pain de seigle ou de campagne bien frais et non industriel, un bon beurre salé, un moulin à poivre, des quartiers de citron, une bonne mayonnaise maison et pour les huîtres, 4 échalotes finement hachées dans un peu de vinaigre de vin.

RINCE-DOIGTS MODE D'EMPLOI

Noubliez pas les rince-doigts, mais n'utilisez pas les pochettes aux odeurs chimiques et aux logos fluorescents. Choisissez plutôt des petits bols dans lesquels vous verserez de l'eau tiède et quelques pétales de fleurs ou tout simplement une rondelle de citron. Apportez-les sur un plateau après que vos invités ont fini de se battre avec les crabes !
Le contenu du rince-doigts ne doit pas se confondre avec une tisane et il est bien entendu que pour ce genre d'ablution il convient de tremper délicatement ses doigts puis de les essuyer discrètement à l'aide de votre serviette, posée sur vos genoux.

CRABE VAPEUR

Pour 8 personnes
Préparation : 10 minutes
Cuisson : 20 minutes

8 crabes vivants

Rincez les crabes à l'eau. Faites-les cuire 20 minutes à la vapeur, si possible dans un « cuit-tout vapeur» à étages ou, à défaut, dans une cocotte-minute avec un verre d'eau.

Laissez-les refroidir puis coupez-les en deux. Servez froid après avoir cassé les pinces en cuisine pour éviter les projections à table.

NOTE La cuisson à la vapeur préserve toute la saveur du crustacé, lui évite de se gorger d'eau, et la chair n'en est que plus ferme. Servez avec une mayonnaise au persil. N'oubliez pas de préparer rince-doigts et serviettes.

CONSEILS

Des serviettes en papier, larges et épaisses, seront nécessaires et prévoyez-en suffisamment pour les renouveler.

Si vous n'avez pas de grands plats ronds, utilisez un grand plateau en plastique.

Pour faire de la glace pilée soit vous mixez les glaçons si votre mixer le permet, soit vous enfermez les glaçons dans un torchon et vous tapez dessus avec un rouleau à pâtisserie.

N'oubliez pas les épingles et les piques pour les bigorneaux : plantez-les sur un demi-citron.

QUEL VIN SERVIR ?

Des vins blancs secs et bien frais servis à 12°C. Muscadet, bordeaux blanc-entre-deux mers, sauvignon de Loire, sylvaner ou riesling, chablis, mennetou salon. Côté vin rouge pour ceux qui ne supportent pas le blanc, proposez un vin rouge de Loire, léger, fruité servi frais, par exemple un mennetou salon.

APRÈS LE PLATEAU DE FRUITS DE MER

BAR BLANC SAUCE AUX AMANDES

Pour 8 personnes
Préparation : 30 minutes
Cuisson : 30 minutes

2 bars de ligne de 1,3 kg chacun
10 brins de persil plat
2 feuilles de laurier
1 cuillère à soupe de poivre en grains

Pour la sauce
150 g de mie de pain
2 gousses d'ail
150 g d'amandes
6 cuillères à soupe d'huile d'olive
2 cuillères à soupe de vinaigre de Xérès

Préchauffez le four à thermostat 5 (150 °C). Lavez les bars et essuyez-les. Glissez une feuille de laurier dans le ventre de chacun d'eux. Étalez une grande feuille de papier d'aluminium, entourez les bars de persil, saupoudrez-les de grains de poivre et enfermez-les dans ces papillotes. Faites cuire au four 30 minutes puis laissez refroidir. Ôtez délicatement la peau et dressez les bars sur le plat de service. Servez avec la sauce aux amandes.

Faites tremper la mie de pain dans 30 cl d'eau froide pendant 30 minutes. Mixez-la avec l'ail épluché, les amandes, le vinaigre et l'huile d'olive. Salez, poivrez.

NOTE Vous pouvez accompagner ce poisson de courgettes vapeur ou d'une salade de feuilles d'épinards.

MOULES À LA CORSE

Pour 8 personnes
Préparation : 30 minutes
Cuisson : 30 minutes

4 kg de moules de bouchot
6 tranches de coppa
2 boîtes de pulpe de tomate (2 x 400 g)
4 gousses d'ail
3 brins de thym
1 brin de romarin
10 feuilles de basilic
1 cuillère à soupe de sucre en poudre
4 cuillères à soupe d'huile d'olive
2 verres de vin blanc sec

Lavez les moules, triez-les, jetez celles qui sont cassées ou ouvertes. Mettez-les dans un grand faitout avec le vin blanc et faites-les chauffer sur feu vif. Couvrez et secouez le faitout de temps en temps jusqu'à ce que les moules soient toutes ouvertes. Ôtez la moitié des coquilles. Filtrez le jus et n'en conservez que 1/2 litre. Faites mijoter pendant 20 minutes, à part, la pulpe de tomate avec l'ail émincé, l'huile d'olive, le thym, le romarin, du poivre et le sucre. N'ajoutez pas de sel : le jambon et les moules sont suffisamment salés. Découpez les tranches de jambon en lamelles et mettez-les dans la sauce tomate. Ajoutez le basilic ciselé, les moules et le jus. Mélangez et poursuivez la cuisson 10 minutes à feu doux. Servez chaud ou froid mais pas glacé.

NOTE La coppa est un jambon corse. Vous pouvez le remplacer par du jambon de Bayonne, un serrano ou un jambon de pays.

HOMARD AUX HERBES

Pour 8 personnes
Préparation : 15 minutes
Cuisson : 10 minutes

4 beaux homards
250 g de beurre salé
1 pincée de curry
2 feuilles de sauge
2 branches de thym
1 branche de sarriette
le jus d'un citron

Faites cuire les homards vivants 10 minutes à la vapeur dans un « cuit-tout vapeur » ou un couscoussier.

Faites fondre le beurre dans une casserole, ajoutez la pincée de curry et poivrez.

Effeuillez les branches de thym et de sarriette puis mélangez-les aux feuilles de sauge. Hachez très finement toutes ces feuilles, aux ciseaux, dans un verre. Ajoutez-les au beurre fondu et maintenez au chaud sur feu doux.

Coupez en deux les homards encore chauds. Versez le beurre aux herbes sur toute la longueur de chaque homard et servez immédiatement après avoir arrosé l'ensemble de quelques gouttes de citron.

NOTE Pensez à casser les pattes des homards avant de les servir. Accompagnez-les de pommes de terre vapeur saupoudrées de persil plat haché fin.

LE FOIE GRAS TRADITION

Terrine de foie gras

Pour 10 à 12 personnes
Préparation : 30 minutes
Cuisson : 40 minutes
Temps de marinade : 12 heures

2 beaux foies gras frais de 550 à 650 g chacun
1 bouteille de vin moelleux (muscat, sauternes, monbazillac, jurançon)
5 cuillères à café rase de sel
1 cuillère à café rase de poivre du moulin

Plongez les foies 30 minutes dans de l'eau à 37 °C puis égouttez-les. Ouvrez les lobes et à l'aide d'un couteau pointu, enlevez les petits vaisseaux, les nerfs et les éventuelles traces de fiel. Refermez les lobes et posez-les dans un plat en verre ou en porcelaine assez grand pour pouvoir contenir les deux foies. Saupoudrez toute la surface des foies de sel et de poivre puis recouvrez-les de vin. Couvrez de film plastique et laissez au réfrigérateur 12 heures. Sortez les foies du réfrigérateur 30 minutes avant de les faire cuire. Égouttez-les et tassez-les dans une terrine en porcelaine de 16 x 11 cm ; vous pouvez appuyer dessus, ils reprendront leur forme pendant la cuisson. Préchauffez le four à thermostat 4/5 (150 °C). Placez la terrine découverte dans un plat à moitié rempli d'eau et faites cuire 40 minutes au bain-marie, à température constante. Retirez du four, laissez refroidir, posez le couvercle et enfermez la terrine dans du film plastique. Laissez la terrine au réfrigérateur au moins quatre jours avant de la consommer. Sortez-la 30 minutes avant de la servir avec un bon pain de campagne grillé, des tranches de pain d'épices, de la fleur de sel, du poivre, du piment d'Espelette et un chutney de fruits.

NOTE La cuisson au micro-ondes est rapide et sans souci; il suffit de mettre la terrine découverte 3 minutes à puissance maximale. Le foie est cuit quand il commence à perdre sa graisse. On voit juste un peu de graisse jaune à la surface. Cette terrine se conserve au réfrigérateur cinq jours après ouverture.

Chutney de fruits

Pour 8 à 10 personnes
Préparation : 10 minutes
Cuisson : 20 minutes

3 oignons violets
2 pommes reinette
2 poires
1 noix de gingembre frais
3 cuillères à soupe de vinaigre de cidre
50 g de beurre

Épluchez et hachez les oignons puis faites-les blondir sur feu doux avec le beurre pendant 5 minutes. Ajoutez les pommes et les poires épluchées et coupées en morceaux, le gingembre râpé et le vinaigre de cidre. Salez, poivrez et laissez mijoter 15 minutes. Rectifiez l'assaisonnement. Servez froid.

NOTE Vous pouvez aussi préparer ce chutney avec des pêches, des abricots ou des mangues.

CANARD AUX POMMES DE GUILLAUME

Pour 8 personnes
Préparation : 45 minutes
Cuisson : 40 minutes

2 canettes de Barbarie
4 tranches de poitrine fumée
200 g de poitrine fumée coupée en petits dés
200 grammes de chair à saucisse
4 pommes reinette
10 cl de calvados
poivre du Sichuan
1 tranche de pain de campagne
2 brins de sauge
ficelle de cuisine

Préchauffez le four à thermostat 7 (210 °C).

Réservez le foie et le gésier des deux canettes. Épluchez les pommes et coupez-les en petits dés de 1 cm de côté.
Dans une poêle, faites rissoler les dés de poitrine fumée mélangés à la chair à saucisse et aux pommes. Hachez les foies, les gésiers et la tranche de pain. Ajoutez la mixture à la poêlée et mélangez. Salez, poivrez, ajoutez le calvados pour constituer une belle farce parfumée dont vous remplirez les canettes.
Entourez chaque canette de 2 tranches de poitrine fumée et d'un brin de sauge. Avec la ficelle de cuisine, ficelez le tout comme un rôti. Placez vos canettes dans un plat à four, versez un peu d'eau dans le fond. Faites cuire 40 minutes en prenant soin de retourner les canettes de temps en temps et de les arroser de jus de cuisson. Servez accompagné d'une compote de pommes ou d'une purée de céleri.

GIGOT AUX ÉCHALOTES CONFITES

Pour 8 personnes
Préparation : 30 minutes
Cuisson : 1 heure

un gigot d'agneau de 2,5 kg
12 belles échalotes
1 kg d'oignons émincés surgelés
50 g de raisins de Corinthe
le jus d'un citron
1 cuillère à soupe de cumin en poudre
4 cuillères à soupe d'huile d'olive
50 g de sucre en poudre

Préchauffez le four à thermostat 7 (210 °C). Épluchez les échalotes. Mettez le gigot dans un plat, versez au fond du plat deux verres d'eau et disposez les échalotes tout autour du gigot. Faites cuire le gigot pendant 45 minutes en l'arrosant de temps en temps avec le jus de cuisson. Pendant ce temps, dans une grande poêle, faites revenir les oignons à feu vif dans l'huile d'olive. Lorsqu'ils commencent à blondir, réduisez le feu, ajoutez les raisins, saupoudrez de sucre et ajoutez un verre d'eau. Remuez régulièrement et laissez réduire à feu doux pendant une heure environ. Ajoutez alors le jus du citron et le cumin. Les oignons doivent prendre une belle couleur caramel foncé.

Découpez le gigot en tranches. Disposez les tranches dans un plat sur la purée d'oignons confits. Disposez autour les échalotes confites et servez avec le jus de cuisson à part.

NOTE Servez ce gigot avec une purée de céleri et des haricots verts assaisonnés de beurre et de jus de citron.

Filet de marcassin aux airelles

Pour 8 personnes
Préparation : 1 heure
Cuisson : 40 minutes
Temps de marinade : 2 jours

1 filet de marcassin de 1,5 kg
400 g d'airelles
4 cuillères à soupe d'huile d'olive
150 g de crème fraîche épaisse

Pour la marinade
1 bouteille de vin corsé (côtes-du-rhône, languedoc)
2 oignons
2 carottes
3 gousses d'ail
1 tige de céleri
laurier
thym
romarin
poivre en grains
6 grains de genièvre
3 clous de girofle

Pour servir
1 kg de purée de céleri
1 kg de marrons cuits au naturel

Mélangez tous les ingrédients de la marinade et plongez-y le filet de marcassin pendant 2 jours. Égouttez-le. Dans une cocotte, faites revenir la viande à feu moyen, de tous côtés, dans l'huile d'olive. Ajoutez les ingrédients de la marinade et la moitié du son jus. Salez et laissez cuire 40 minutes à feu doux en retournant la viande à deux ou trois reprises. Pendant la cuisson de la viande, réchauffez séparément la purée de céleri – avec un peu de beurre ou de crème fraîche – et les marrons – sur feu doux, avec un peu d'eau. Retirez la viande de la cocotte et réservez-la au chaud. Filtrez la sauce à travers une passoire fine et appuyez bien pour extraire tous les sucs. Remettez la sauce dans la cocotte, ajoutez la crème fraîche et les airelles égouttées. Laissez réchauffer quelques minutes, le temps de découper la viande en tranches.

Méli-mélo de fruits et légumes

Pour 8 personnes
Préparation : 30 minutes
Cuisson : 45 minutes

3 carottes
16 échalotes
4 fonds d'artichauts
2 pommes reinette
2 poires comice pas trop mûres
400 g de marrons au naturel
400 g de potimarron
1 grappe de muscat
1 verre de bouillon de volaille
50 g de beurre
2 cuillères à soupe d'huile d'olive

Épluchez les carottes et coupez-les en tronçons. Mettez-les dans une grande cocotte avec le beurre et l'huile, couvrez et laissez cuire à feu très doux. Épluchez les échalotes, laissez-les entières et mettez-les dans la cocotte. Épluchez le potimarron, coupez-le en cubes et mettez-le dans la cocotte avec le bouillon de volaille chaud. Continuez la cuisson en incorporant au fur et à mesure les fonds d'artichauts coupés en quatre, les marrons, les pommes épluchées et coupées en cubes, enfin les poires. Mélangez délicatement en veillant à ne pas abîmer les fruits et les légumes. Salez, poivrez et ajoutez les grains de raisin. Retirez du feu et laissez reposer 10 minutes avant de servir.

NOTE Vous pouvez faire varier les légumes (salsifis, topinambours, navets) et les fruits (en saison, le coing fait merveille dans cette recette). Ce plat accompagne les volailles, le porc et le gibier simplement rôtis.

Faisans aux pommes et aux kumquats

Pour 8 personnes
Préparation : 30 minutes
Cuisson : 30 minutes

2 à 4 faisans selon leur taille
1,25 kg de choucroute cuite
5 pommes reinette
16 kumquats
3 échalotes
2 brins de thym
1 feuille de laurier
2 cuillères à soupe de grains de genièvre
3 verres de vin blanc sec
4 cuillères à soupe d'huile
50 g de beurre

Demandez au volailler d'entourer les faisans de barde de lard. Dans une grande cocotte, faites-les revenir de tous côtés sur feu moyen dans 2 cuillères à soupe d'huile. Ajoutez les échalotes hachées, le thym, le laurier, un verre de vin blanc sec, du sel et du poivre. Faites cuire à couvert 30 minutes en retournant les faisans à deux à trois reprises. Après 15 minutes de cuisson, ajoutez les kumquats coupés en deux. Faites réchauffer la choucroute avec 2 verres de vin blanc sec et le genièvre sur feu doux et à couvert. Épluchez les pommes et coupez-les en quartiers. Faites-les sauter dans une grande poêle, dans le beurre et dans le reste d'huile d'olive mélangés. Découpez les faisans en quatre morceaux et disposez-les sur un lit de choucroute. Arrosez-les du jus de cuisson, ajoutez les kumquats. Servez les pommes à part.

NOTE Les poules faisanes étant plus petites que les mâles, il vous faudra compter quatre poules ou deux faisans. Ne faites surtout pas trop cuire les faisans, la chair deviendrait sèche.

LE PLATEAU DE FROMAGES

AUTREFOIS, DANS LES DÎNERS PROTOCOLAIRES, LE FROMAGE N'AVAIT PAS SA PLACE. GRUYÈRE, EMMENTHAL, COMTÉ ET AUTRES FROMAGES À PÂTE PRESSÉE CUITE ÉTAIENT RÉSERVÉS À LA CUISINE. C'EST NAPOLÉON III QUI, AYANT DÉCOUVERT LE CAMEMBERT AVEC DÉLICE, LE FIT SERVIR À SA TABLE. L'USAGE S'EST ASSOUPLI AU FIL DES ANNÉES ET LA MAÎTRESSE DE MAISON SE SERVIRA LA PREMIÈRE DES FROMAGES PRÉSENTÉS ENTIERS POUR EN VÉRIFIER LA BONNE QUALITÉ ET MONTRER LA FORME DE LA DÉCOUPE.

LE PLATEAU À FROMAGES

Le fromage unique est très apprécié, mais il doit être d'une qualité irréprochable. Prenez un vacherin servi à la cuillère sur une grande assiette, une roue de brie à point ou un munster avec son cumin servi à part. Si vous décidez de soigner les goûts de chacun ou si vous vous trouvez dans une région de production de fromages, proposez un plateau composé de plusieurs variétés, trois au minimum.
Si la table est nombreuse, prévoyez deux plateaux avec des variétés différentes, l'un aux goûts forts, l'autre aux goûts plus doux.
Les fromages doivent être posés sans leur papier d'emballage sur des feuilles de vigne ou de figuier, lavées et décorées de quelques grains de raisins, d'amandes, de noix ou de noisettes.

L'ART DE LA DÉCOUPE

Il faut détailler les fromages dans un sens propre à leur forme. Qu'ils soient ronds, carrés ou pyramidaux, c'est en quartiers qu'ils doivent être découpés, en pointe à partir du centre. Un fromage bleu se coupe en éventail, les bûches et les lingots en rondelles et les fromages en pointe se détaillent en tranches, du nez au talon, sans couper la pointe. Les grands carrés ou rectangulaires à pâte dure se coupent en tranches parallèles. Le parmesan se coupe en éclats au couteau poinçon, la tête de moine à la girolle.
Sur chaque plateau, disposez plusieurs couteaux à bout recourbé pour permettre de prendre le morceau coupé ou à découper. Le mieux est de présenter un couteau par variété pour ne pas mélanger les arômes.

LE FROMAGE A SES BONNES MANIÈRES

Le fromage ne se passe qu'une fois. Deux fois, serait mal élevé, vous laisseriez entendre que les fromages sont bien meilleurs que les plats concoctés par la maîtresse de maison !

LE PAIN : VARIEZ LES PLAISIRS

Tous les pains sont délicieux avec le fromage et il en existe une telle variété, qu'ils soient entiers ou présentés en tranches, que votre corbeille ne sera jamais assez grande : aux raisins, aux noix, aux céréales ... le choix est vaste. Avec le pain, certains ne peuvent pas se passer de beurre, alors n'en faites pas tout un... fromage et préparez un joli beurrier avec son petit couteau.

ET LA SALADE ?

Fromage ou dessert ? Il n'en est évidemment pas question, mais pourquoi pas salade et fromage ? Pour un dîner entre copains : on ne change pas d'assiettes, mais, en revanche, il ne faut pas oublier la fourchette. Le fromage se mange avec un couteau afin d'ôter la croûte et de déposer un morceau sur du pain.
Le couteau à fromages se trouve entre le verre et l'assiette, manche à droite.

PETIT CONSEIL DE PRÉPARATION

Les fromages doivent être servis à température ambiante ou chambrés. Il faut les conserver dans un endroit frais, et si possible, pas au réfrigérateur, ce qui tuerait le moelleux et les arômes. Sortez-les 2 heures avant de les servir.

Neige au coulis de pêche

Pour 8 personnes
Préparation : 15 minutes
Cuisson : 2 minutes

15 pêches jaunes ou blanches
60 g de sucre
1 citron
6 blancs d'œufs
50 g de pistaches

Plongez les pêches 30 secondes dans de l'eau bouillante puis passez-les aussitôt sous l'eau froide. Épluchez-les et coupez-les en morceaux. Réservez quelques gouttes de jus de citron et mixez le reste avec les pêches et la moitié du sucre. Versez la préparation dans une grande coupe ou dans des coupes individuelles. Placez au frais. Fouettez les blancs en neige en ajoutant le jus de citron réservé. Quand ils sont fermes, ajoutez le reste du sucre tout en continuant de fouetter quelques minutes. Les blancs doivent être fermes et brillants. Répartissez-les sur le coulis de pêche et décorez de pistaches concassées.

NOTE Ce dessert très simple et très léger peut varier selon les saisons. Pensez à utiliser des fruits en conserve au naturel, qu'il suffit de mixer, des mangues, du coulis de fruits rouges surgelé... Vous pouvez ajouter au coulis un peu d'eau-de-vie du même fruit.

Crumble glacé chocolat framboise

Pour 8 personnes
Préparation : 30 minutes
Cuisson : 15 minutes

300 g de framboises
30 cl de crème fleurette
12 biscuits Speculoos

Pour la glace au chocolat
150 g de chocolat noir
1/2 l de lait
20 cl de crème fleurette
3 jaunes d'œufs
75 g de sucre

Cassez le chocolat en petits morceaux. Portez le lait à ébullition dans une petite casserole. Dans un petit saladier, mélangez les jaunes d'œufs et le sucre en tournant pendant 2 minutes. Ajoutez un peu de lait bouillant, mélangez bien et versez cette préparation dans la casserole de lait chaud ; laissez épaissir sans cesser de tourner ni laisser bouillir. Retirez du feu, ajoutez le chocolat et laissez-le fondre. Ajoutez la crème, mélangez jusqu'à ce que la préparation soit bien homogène. Laissez refroidir et faites prendre en glace.
Fouettez la crème bien froide jusqu'à ce qu'elle soit ferme.
Mixez les Speculoos. Mettez de la glace dans des coupes, recouvrez de crème fouettée et de framboises, et terminez par des brisures de biscuits.

Glace au basilic et giboulée de griottines

Pour 8 personnes
Préparation : 10 minutes
Cuisson : 10 minutes

1/2 l de lait
6 jaunes d'œufs
200 g de sucre
25 cl de crème liquide
40 feuilles de basilic
200 g de griottines

Portez le lait à ébullition, retirez-le du feu et ajoutez la moitié des feuilles de basilic. Laissez infuser 15 minutes. Fouettez les jaunes d'œufs avec le sucre, ajoutez un peu de lait chaud, mélangez, versez l'ensemble dans la casserole et remettez sur feu doux en remuant : la crème doit épaissir et napper la cuillère. Retirez la casserole du feu, laissez refroidir. Incorporez la crème liquide et le reste des feuilles de basilic, ciselées. Faites prendre en glace. Remplissez des coupes de glace au basilic. Faites chauffer les griottines dans une petite casserole, avec leur jus ; versez-les chaudes sur la glace et servez aussitôt.

NOTE Les griottines sont des griottes conservées dans une liqueur de cerise. On les trouve dans les épiceries fines ou chez les cavistes.

Crème légère châtaigne et chocolat

Pour 8 personnes
Préparation : 10 minutes
Cuisson : 3 minutes

750 g de crème de châtaigne vanillée
150 g de chocolat noir
2 cuillères à soupe de café soluble espresso
50 cl de crème liquide

Coupez le chocolat en morceaux et faites-le fondre au bain-marie ou au micro-ondes. Ajoutez la crème de châtaigne et le café préalablement dilué dans une petite tasse d'eau chaude ; mélangez bien. Fouettez la crème très froide et incorporez-la délicatement à la préparation. Versez dans des coupes et mettez au frais. Décorez de petites dragées en sucre ou en chocolat.

Poires au vin rouge et à la cannelle

Pour 8 personnes
Préparation : 20 minutes
Cuisson : 35 minutes

8 belles poires williams
100 g de sucre
2 bâtons de cannelle
1 anis étoilé
1 zeste d'orange de 4 cm
1 bouteille de vin rouge corsé : languedoc, côtes-du-rhône ou de provence

Pelez les poires en conservant la queue. Disposez-les dans une grande casserole. Versez le vin rouge, le sucre, les épices et le zeste d'orange. Si le vin ne recouvre pas les poires, ajoutez un peu d'eau.
Portez à ébullition et laissez frémir 20 minutes. Retirez-les ensuite délicatement de la casserole avec une écumoire ou une cuillère à soupe afin de ne pas casser la tige. Laissez-les refroidir dans un compotier. Faites réduire le jus de cuisson pendant 15 minutes puis versez-le sur les poires.

NOTE Vous pouvez aussi dresser ces poires individuellement dans de grands verres à pied. Ce dessert peut être servi tiède, avec une boule de glace à la vanille.

GÔUTERS ET DOUCEURS

ON PASSE AU SALON ?

LES MÉDECINS TRADITIONNELS CHINOIS RECOMMANDENT DE TERMINER LE REPAS PAR UNE GRANDE TASSE D'EAU BOUILLANTE. NOTRE TRADITION GASTRONOMIQUE APPLIQUE CETTE SAGE PRESCRIPTION DE FAÇON PLUS AROMATIQUE, EN PROPOSANT CAFÉ BRÛLANT, TISANE FUMANTE OU THÉ BOUILLANT !

LE CAFÉ

Si comme Churchill, vous aimez prendre le café à table, laissez donc de côté les convenances et servez le café au milieu de l'ambiance chaleureuse et des conversations animées de fin de repas. Cette solution est pratique à la fin d'un déjeuner court ou d'un dîner d'affaires, et pour ceux qui sembleraient surpris d'une telle formule, dites-leur avec humour que vous n'aviez pas le cœur d'interrompre leur si passionnant débat.

Le café servi au salon reste néanmoins ce qui se fait de plus courant. Une fois le signal de la fin du dîner donné par la maîtresse de maison, certains allument une cigarette ou un cigare, les femmes partent se repoudrer discrètement le nez, ceux, qui étaient éloignés au dîner, ont alors l'occasion de se rapprocher.

LA TISANE

Les tisanes ne sont plus seulement les boissons chaudes de nos grand-mères. Elles reviennent à la mode et leurs propriétés sont bénéfiques pour la santé. Préférez les herbes naturelles, fraîches ou séchées. Elles sont bien meilleures et plus efficaces que ces tisanes trop sucrées, aux arômes souvent exagérés, vendues en grandes surfaces... Laissez infuser dans la tisanière (si possible avec filtre) et servez chaud. Ne prenez surtout pas une théière ou une cafetière, car elles altéreraient la saveur naturelle de l'infusion. Avec un petit lien de raphia, nouez sur l'anse du pot une branche de l'herbe choisie. Frais ou sec, thym, romarin, verveine, tilleul, menthe répandront de délicieux et délicats parfums. En été, préparez des infusions de verveine que vous laisserez refroidir en carafe dans le réfrigérateur. C'est une boisson plus rafraîchissante et surtout plus saine que bien des sodas.

LES CIGARES

À la fin du dîner, le maître de maison ne doit pas oublier de présenter à ses invités la boîte de cigares, de La Havane ou du Honduras de préférence, sans oublier les petits cigarillos qui peuvent tenter certaines amatrices. À portée de main, coupe-cigare, cendrier, allumettes et feuilles de bois pour allumer le cigare dans les règles de l'art. Pas de briquet qui donnerait au cigare le goût de l'essence. Ce serait faire injure au maître de maison que de sortir un cigare de votre étui, ce qui laisserait penser que les vôtres sont meilleurs !
Une fois le cigare accepté, on retire la bague, bien que M. Davidoff, célèbre marchand et amateur s'il en est, estime que l'on ne fume pas un cigare au-delà de la bague !
Bien entendu, vous n'oublierez pas de demander autour de vous si la fumée et l'odeur n'incommodent personne, et vous veillerez à vider le cendrier dès qu'il sera un peu trop rempli.

LIQUEURS ET ALCOOLS

LES LIQUEURS SONT SERVIES

Alcools blancs (mirabelle, poire, prune), bruns (cognac, armagnac, calvados) et doux (cointreau, chartreuse). Évitez de proposer les bizarreries locales, souvent clandestines ou de fabrication incertaine, et surnommées à juste titre « tord-boyaux ». Restez dans les valeurs sûres et disposez sur le plateau à liqueurs les ravissants petits verres gravés que vous avez dénichés dans une brocante, en respectant des dosages « raisonnables ». Ne remplissez pas les verres à ras-bord. Lorsque vous sentez que la soirée touche à sa fin, servez des rafraîchissements : eau gazeuse, sodas, jus de fruits en carafe. Certains, non sans humour, appellent aussi ce dernier verre «le fous le camp», mais que cela ne vous empêche pas de prolonger un peu la soirée, confortablement calé dans un fauteuil, tant que la fatigue ne vous gagne pas.

BOIRE OU... ÊTRE RECONDUIT

Si l'un de vos convives paraît un peu éméché, ce qui peut arriver lorsque l'on veut, par politesse bien sûr, faire « honneur » à vos bouteilles, ne le laissez surtout pas partir seul. Proposez-lui de se faire raccompagner, reconduisez-le éventuellement vous-même, mais ne le laissez en aucun cas reprendre le volant.

IRISH COFFEE

Pour 8 personnes

Fouettez 30 cl de crème fleurette très froide.

Réchauffez des mazagrans ou des coupes, versez-y du café brûlant sucré avec du sirop de sucre. Ajoutez du whisky (il tombera au fond du récipient) et recouvrez de crème fouettée. Servez aussitôt.

L'AFTER

VODKA FRUITS ROUGES

Placez la vodka au congélateur 24 heures à l'avance. Servez-la dans des verres dans lesquels vous aurez mis des fruits rouges.

LE BLUE LAGOON

Versez dans un shaker 12 cl de vodka, 6 cl de jus de citron vert et 2 cl de curasso bleu. Ajoutez de la glace pilée. Secouez et versez.

LIMONCELLO

À préparer un mois à l'avance

6 citrons non traités
1 bâton de vanille
75 cl d'eau-de-vie de fruit à 40°
200 g de sucre

Lavez les citrons et plongez-les dans de l'eau bouillante pendant 30 minutes. Essuyez-les et prélevez la peau jaune, sans la peau blanche. Placez ces zestes dans un bocal avec le bâton de vanille et l'eau-de-vie. Laissez macérer pendant 15 jours en secouant le bocal de temps en temps. Faites un sirop en portant à ébullition le sucre et 15 cl d'eau. Laissez le sirop refroidir et versez-le dans le bocal. Laissez macérer 15 jours de nouveau ; secouez le bocal de temps en temps. Filtrez et placez la liqueur au congélateur en permanence : le limoncello se sert glacé, comme la vodka.

NOTE C'est en janvier et en février que l'on trouve en France les meilleurs citrons non traités, en provenance de la Côte d'Azur. À défaut d'eau-de-vie, utilisez de la vodka.

LE CAMPARI ORANGE DE RIQUET

Pressez un pamplemousse rose et des oranges. Mélangez les deux jus à parts égales. Mettez au réfrigérateur jusqu'au moment de servir. Versez dans des verres à long drink, ajoutez du Campari jusqu'au tiers. Ajoutez une rondelle de citron vert et décorez d'une feuille de menthe ou de verveine.

VIN D'ORANGE

À préparer 10 jours à l'avance
Pour 1 bouteille

Prélevez la peau de 2 oranges non traitées et bien lavées. Mettez-la dans une jatte où vous aurez versé une bouteille de vin blanc moelleux (jurançon ou montbazillac) et un petit verre de cognac. Laissez macérer une semaine puis filtrez et ajoutez 3 cuillères à soupe d'eau de fleur d'oranger. Servez très frais.

CONFITURE DE VIEUX GARÇON

Dans un grand bocal, disposez des fruits de saison (prunes, cerises, framboises, cassis, grains de raisin, etc.) en couches successives. Saupoudrez-les de sucre et recouvrez-les d'eau-de-vie de fruits. Attendez 5 semaines avant de consommer.

GRANITA DE CAFÉ

Pour 8 personnes : 1,5 litre

Préparez 16 tasses de café espresso bien fort, ou 10 cuillères à soupe de café en poudre goût espresso. Ajoutez 200 g de sucre et complétez avec de l'eau pour obtenir 1,5 litre. Versez dans un grand plat et placez au congélateur ; tous les quarts d'heure, remuez la préparation avec une fourchette pour casser les cristaux de glace.

La granita est prise (il faudra 1 ou 2 heures, suivant la puissance du congélateur) quand toute la préparation forme une masse molle.

GRANITA DE VERVEINE

Pour 8 personnes : 1,5 litre

Faites infuser pendant 10 minutes 12 tiges de verveine dans 1 litre d'eau. Filtrez, ajoutez 150 g de sucre et le jus de 2 citrons. Complétez avec de l'eau pour obtenir 1,5 litre de mélange. Faites prendre au congélateur, comme la granita de café.

À L'HEURE DU THÉ

LE THÉ

Sans en faire une véritable cérémonie comme au Japon, « prendre le thé » est un moment particulier, privilégié, qui a ses rituels. Avant tout, il faut choisir son thé : vert, noir, nature, fumé ou aromatisé... Des pages entières seraient nécessaires pour répertorier les innombrables arômes des thés ; alors n'hésitez pas à goûter et à explorer les différentes saveurs avant de faire vos choix. De même qu'il existe des « brûleries » pour le café, de plus en plus nombreux sont les « marchands de thé » qui ouvrent leur boutique, offrant une incroyable variété de cette infusion ancestrale. « Faire le thé » n'est pas une vaine expression, tant il s'agit là d'une véritable opération. Rincez d'abord la théière à l'eau claire et chaude. Faites ensuite chauffer de l'eau, sans la faire bouillir, puis versez-la dans la théière sur les feuilles et laissez infuser. Vous aurez au préalable préparé le service à thé, les petites cuillères, les assiettes et fourchettes à gâteaux, le sucrier, les petites serviettes en tissu. N'oubliez pas un petit pot de lait froid (le thé étant servi autrefois très chaud, on mettait quelques gouttes de lait froid dans les tasses en porcelaine fine pour éviter de les faire éclater), ainsi qu'une coupelle de citron en rondelles, qui rejoindront la passoire et sa coupelle. Le thé peut se déguster quels que soient l'endroit et l'heure : au salon entre table basse et coin du feu ; autour de la table de bridge joliment nappée ; dehors dans le jardin, ou servi au lit sur un plateau.

ET POUR ACCOMPAGNER LE THÉ...

Prévoyez toasts, confitures, cakes, gâteaux, scones et muffins, petites viennoiseries dans un panier doublé d'une serviette blanche, quelques petits sandwichs au cresson, des douceurs à grignoter pour le goûter... Autant de manières de recevoir agréablement ses amis, le week-end vers 17 heures, sans pour autant imiter la baronne Staffe qui recommandait à toute maîtresse de maison de prendre « un jour par semaine pour recevoir »... il est vrai que c'était en 1895 !

AU CHOCOLAT

COOKIES AU CHOCOLAT

Pour 8 personnes : 20 cookies environ
Préparation : 15 minutes
Cuisson : 12 minutes

200 g de farine avec poudre levante
1 cuillère à café de café en poudre goût espresso
200 g de beurre
120 g de sucre en poudre
2 œufs
150 g de pépites de chocolat noir
60 g de cacao en poudre

Préchauffez le four à thermostat 6 (180 °C). Mélangez la farine et le café en poudre. Fouettez le beurre ramolli avec le sucre. Quand le mélange a doublé de volume, ajoutez les œufs entiers puis le mélange de farine et de café. Incorporez les pépites de chocolat et le cacao en poudre à l'aide d'une cuillère en bois (un fouet les casserait). Posez une feuille de papier cuisson sur la plaque du four. Avec une cuillère à soupe, disposez les petits tas de pâte espacés de 5 cm environ. Faites cuire 12 minutes au four.

Les cookies doivent être fermes et moelleux à l'intérieur. Laissez-les refroidir sur la plaque du four.

FONDANT AU CHOCOLAT

Pour 8 personnes
Préparation : 20 minutes
Cuisson : 25 minutes

250 g de chocolat noir
4 gros œufs
250 g de sucre en poudre
40 g de farine
250 g de beurre
1 cuillère à café de cannelle en poudre

Préchauffez le four à thermostat 6 (180 °C). Beurrez un moule à manqué de 26 cm de diamètre. Cassez le chocolat en morceaux et faites-le fondre au micro-ondes ou au bain-marie. Mélangez les jaunes d'œufs et le sucre ; ajoutez la farine, le beurre ramolli mais non fondu, la cannelle et enfin le chocolat fondu et tiède.

Fouettez les blancs en neige pas trop ferme et incorporez-les délicatement à la préparation. Versez dans le moule et faites cuire 25 minutes au four.

NOTE Variez les plaisirs en remplaçant la cannelle par une petite tasse de café espresso très fort, par de la cardamome, de la muscade ou du gingembre en poudre. Essayez aussi trois gouttes d'huile essentielle de lavande, d'orange ou de mandarine.

BRIDGE
CLUB

LES TARTES

TARTE AU CITRON

8 personnes
Préparation : 30 minutes
Repos : 1 heure
Cuisson : 25 minutes

Pâte brisée
250 g de farine
125 g de beurre
1 cuillère à soupe de sucre
1 pincée de sel

Crème au citron
3 œufs
200 g de sucre
4 citrons non traités
120 g de beurre

Mélangez la farine, le sucre et 1 pincée de sel. Ajoutez le beurre mou puis un peu d'eau glacée pour former une boule de pâte. Laissez reposer 1 heure. Étalez la pâte à tarte dans un moule beurré de 30 cm de diamètre.

Préchauffez le four à thermostat 6 (180 °C). Faites fondre le beurre. Mélangez les œufs entiers avec le sucre, le jus et le zeste des citrons, et le beurre fondu. Versez le tout sur le fond de tarte et faites cuire pendant 25 minutes.

NOTE Vous pouvez aussi ajouter 1 cuillère à soupe d'eau de fleur d'oranger.

TARTE À LA RHUBARBE

Pour 8 personnes
Préparation : 25 minutes
Cuisson : 40 minutes

1 kg de rhubarbe
1 rouleau de pâte brisée
50 g d'amandes en poudre
200 g de sucre roux
50 g de beurre
25 cl de crème fleurette
1/2 cuillère à café de muscade râpée
3 cuillères à soupe de sucre glace

Épluchez et lavez la rhubarbe, coupez-la en morceaux. Préchauffez le four à thermostat 6 (180 °C). Étalez la pâte dans un moule beurré et saupoudrez le fond d'amandes en poudre. Disposez les morceaux de rhubarbe dessus, saupoudrez de sucre et parsemez de noisettes de beurre. Faites cuire au four 40 minutes. Pendant ce temps, fouettez la crème en incorporant la muscade et le sucre glace. Servez la tarte accompagnée d'une jatte de crème parfumée à la muscade.

TARTE AU CHOCOLAT D'ÉRIC

Pour 8 personnes
Préparation : 30 minutes
Réfrigération : 1 heure puis 3 heures
Cuisson : 20 minutes

Pâte sablée
250 g de farine
135 g de beurre coupé en dés
3 cuillères à soupe de sucre
3 cuillères à soupe d'eau froide

Préparation au chocolat
65 g de chocolat noir
240 g de chocolat praliné
30 cl de crème liquide

Préparez la pâte sablée : versez tous les ingrédients dans un bol et mélangez-les à la main jusqu'à obtenir une pâte qui s'effrite. Versez l'eau et formez une boule. Faites reposer la pâte au réfrigérateur 1 heure. Étalez la pâte dans un moule beurré, piquez le fond avec une fourchette, posez dessus des poids de cuisson (haricots secs, petits cailloux lavés, etc.).

Préchauffez le four à thermostat 6 (180 °C) et faites cuire à blanc le fond de tarte pendant 20 minutes.

Faites chauffer la crème dans une casserole. Aux premiers bouillons ôtez du feu, incorporez le chocolat noir et le chocolat praliné coupés en morceaux. Laissez fondre quelques minutes puis battez au fouet afin d'obtenir une préparation homogène ; versez-la sur le fond de tarte cuit et laissez 3 heures au réfrigérateur.

NOTE Vous pouvez incorporer à la préparation chocolatée des zestes d'orange, et garnir le fond de tarte d'une couche de confiture de framboise.

LES PETITS GÂTEAUX

ROCHERS À LA NOIX DE COCO

Pour 8 personnes
Préparation : 15 minutes
Cuisson : 45 minutes

300 g de sucre
250 g de noix de coco en poudre
5 blancs d'œufs

Préchauffez le four à thermostat 5 (150 °C). Montez les blancs d'œufs en neige avec une pincée de sel. Mélangez le sucre aux blancs en neige puis incorporez la noix de coco.

Faites des petits tas pointus et réguliers, avec une petite cuillère, sur une plaque beurrée ou couverte de papier d'aluminium. Enfournez et laissez cuire à four doux 45 minutes. Laissez refroidir avant de détacher les rochers.

NOTE Attendez d'avoir quelques blancs d'œufs non utilisés (après une mayonnaise, par exemple) pour faire ce petit complément sucré qui accompagnera une compote de pommes, une tasse de thé ou le goûter des enfants.

LES MADELEINES À LA LAVANDE

Pour 24 madeleines
Préparation : 15 minutes
Cuisson : 15 minutes

200 g de beurre
240 g de sucre
100 g de farine
75 g d'amandes en poudre
6 blancs d'œufs
3 gouttes d'huile essentielle de lavande

Préchauffez le four thermostat 5 (150 °C). Faites fondre le beurre. Mélangez la farine, le sucre et les amandes. Fouettez les blancs en neige molle. Incorporez le mélange farine, sucre, huile essentielle de lavande et beurre fondu. Versez dans des moules à madeleine beurrés. Faites cuire 10 à 15 minutes. Vérifiez la cuisson en enfonçant la lame d'un couteau.

NOTE Si vous n'avez pas de moule à madeleine, versez la pâte dans un moule à manqué ou à tarte et faites cuire en prolongeant la cuisson (35 minutes environ). Vous pouvez remplacer l'huile essentielle de lavande par 1 cuillère à soupe de zestes de citron ou d'orange finement râpés.

BISCUITS AUX NOIX DE MACADAMIA

Pour 25 biscuits environ
Préparation : 15 minutes
Temps de repos : 30 minutes
Cuisson : 20 minutes

300 g de farine
75 g de noix de macadamia
150 g de sucre roux
1 sachet de levure chimique
12 cl d'huile d'olive
10 cl de vin blanc (1 verre moyen)
sel

Mixez les noix de macadamia jusqu'à obtention d'une grosse semoule. Mélangez la farine avec la levure, le sucre et les noix de macadamia. Ajoutez l'huile d'olive, le vin blanc, une pincée de sel. Formez une boule de pâte en ajoutant au besoin un peu de farine. Laissez reposer 30 minutes. Préchauffez le four à thermostat 6 (180 °C).
Avec un rouleau à pâtisserie, étalez la pâte sur un rectangle de 1 cm d'épaisseur. Découpez des petits carrés, disposez-les sur la plaque du four beurrée et faites cuire au four 20 minutes environ. Retirez-les du four dès qu'ils deviennent trop colorés.

NOTE Des amandes ou des noisettes peuvent remplacer les noix de macadamia.

PETITS PALMIERS À LA CANNELLE

Pour 20 biscuits
Préparation : 5 minutes
Cuisson : 15 minutes

1 rouleau de pâte feuilletée
75 g + 25 g de sucre roux
2 cuillères à soupe de cannelle

Préchauffez le four à thermostat 7 (210 °C). Étalez la pâte feuilletée. Saupoudrez-la des 75 g de sucre et de cannelle. Roulez-la pour reformer un rouleau bien serré. Placez 15 minutes au congélateur pour raffermir le rouleau. Découpez la pâte en fines rondelles ; disposez-les aussitôt sur la plaque du four beurrée en les espaçant. Saupoudrez des 25 g de sucre restants. Faites cuire au four 15 minutes. Les palmiers doivent êtres juste dorés et bien croustillants.

NOTE Variez les plaisirs, remplacez la cannelle par de la muscade, des grains d'anis, des brins de lavande, des granules de chocolat.

PETIT-DÉJEUNER ET BRUNCH

UN MOMENT À PARTAGER SOUVENT DRÔLE ET INATTENDU, GAI ET DÉLICIEUX... PRÉTEXTE À TOUTES SORTES DE DOUCEURS : PANCAKES, ŒUFS BROUILLÉS, ETC.

DRESSEZ LA TABLE

Lorsque la maison est pleine d'amis, préparez le couvert du petit-déjeuner la veille au soir, vous serez plus tranquille. Sortez bols à céréales, mugs, tasses à café, assiettes, verres, couverts, coquetiers et petites cuillères en corne (le jaune d'œuf ternit l'argenterie. Disposez sets de table et serviettes assorties, petits paniers en osier prêts à accueillir les fruits et les laitages le lendemain matin. Le soir même, placez le beurre sur la table : quand le beurre est mou, on en met moins sur la tartine, c'est bien meilleur... pour le régime ! Sortez du placard les confitures maison et mettez les autres dans de jolis pots anciens.

À PAS DE LOUP

Le lendemain matin, levez-vous la première pour finir les préparatifs. Envoyez votre chevalier servant chercher les journaux, le pain frais et les croissants tandis que vous n'aurez plus qu'à sortir les salades de fruits frais, les pommes du jardin ou la compote maison. Sortez les produits frais au dernier moment : les yaourts, le fromage et les tranches de jambon finement coupées. Présentez les céréales dans des paniers en osier, le lait dans une bouteille en céramique blanche ou dans un pot, les jus de fruits dans de belles carafes, le sucre dans un sucrier. N'oubliez pas le sel et le poivre pour les œufs coques. Pour réveiller la maisonnée, mettez en route le café, son odeur donnera le signal.

BUFFET OU PETIT-DÉJEUNER AU LIT

Cafetière, théière et cache théière, tout doit être prêt quand vos invités vont se lever en robe de chambre et les yeux encore embrumés de sommeil, ou au contraire frais et dispos, tennis aux pieds, parés pour un petit footing matinal. Quant aux adeptes de la grasse matinée, ne les laissez pas vous impatienter jusqu'à midi : préparez un grand plateau nappé avec tout ce qu'il faut pour un délicieux petit-déjeuner au lit. Si vous n'êtes pas intimes, déposez simplement le tout à l'entrée de la chambre après avoir discrètement frappé à la porte et annoncé l'arrivée du plateau.

LE BRUNCH

Le brunch dominical est souvent un substitut bien pratique au petit-déjeuner classique. Idéal pour les lève-tard, il est également une solution bien agréable pour la maîtresse de maison. Cette formule souple vous évitera le formalisme d'un déjeuner traditionnel et conviendra à toutes les générations, aux horaires souvent... variables.
Installez-le comme un petit-déjeuner, mais avec la forme d'un buffet : quelques piles d'assiettes disposées çà et là pour compléter les bols et les tasses. Pour un brunch, toutes les formes de cuisson des œufs sont permises : brouillés, au plat ou à la coque, accompagnés de bacon frit, de petites tranches de poitrine fumée, de quelques saucisses courtes et de tomates, et, pourquoi pas, de petites pommes de terre sautées. Présentez jambon, gruyère, comté, beurre demi-sel, saumon fumé et petits blinis, et dans de petits ramequins, de la crème fraîche et quelques quartiers de citron. Pour finir, proposez quelques douceurs : compote et salade de fruits, pancakes et sirop d'érable, fromage blanc et coulis de fruits rouges, cakes et pain d'épices traditionnel. N'oubliez pas non plus le café et le thé et pourquoi pas des verres de vin rouge.

LE BREAKFAST AU JARDIN

Œufs brouillés aux œufs de saumon

Pour 8 personnes
Préparation : 20 minutes
Cuisson : 20 minutes

16 œufs
50 g de beurre
4 cuillères à soupe de crème fraîche
3 brins d'aneth
120 g d'œufs de saumon

Cassez 14 œufs dans une casserole et placez-la dans une casserole plus grande contenant de l'eau jusqu'à mi-hauteur pour les faire cuire au bain-marie. Portez l'eau à ébullition et remuez les œufs avec un fouet ou une cuillère jusqu'à ce qu'ils commencent à prendre. Quand ils sont presque pris, salez, poivrez, ajoutez le beurre, la crème fraîche et l'aneth ciselé. Continuez à remuer jusqu'à ce que le mélange soit homogène. Cassez alors les deux derniers œufs, retirez la casserole du feu, mélangez bien. Déposez les œufs de saumon par-dessus et servez aussitôt avec des tranches de pain grillé.

NOTE Ne mettez pas trop d'aneth, son goût puissant nuirait à la saveur des œufs de saumon. Pensez à utiliser des œufs de truite, plus économiques.

Porridge à la crème

Pour 8 personnes
Préparation : 10 minutes
Cuisson : 30 minutes

500 g de porridge (gruau d'avoine)
1 pincée de sel
200 g de crème fraîche

Portez 2 l d'eau à ébullition et versez-y le porridge en pluie. Ajoutez le sel et remuez avec une cuillère pendant 5 minutes. Baissez le feu et laissez mijoter 25 minutes en remuant de temps en temps. Servez chaud, en présentant à part de la crème fraîche très froide. Vous pouvez aussi servir le porridge avec une noix de beurre, du lait froid, du miel, des fruits secs ou du sirop d'érable.

NOTE Le porridge se trouve dans les épiceries fines. Faites attention au moment de l'achat : il existe aussi du porridge précuit, qui ne nécessite que 5 minutes de cuisson.

Muffins aux myrtilles

Pour 12 muffins
Préparation : 15 minutes
Cuisson : 20 minutes

250 g de farine avec poudre levante
100 g de sucre roux
75 g de beurre salé
15 cl de lait
3 œufs
200 g de myrtilles

Préchauffez le four à thermostat 7 (210 °C). Mélangez la farine et le sucre. Faites fondre le beurre dans le lait, sans laisser bouillir. Incorporez les œufs entiers les uns après les autres dans le mélange de farine et de sucre puis ajoutez le lait tiède. Mettez les myrtilles puis mélangez. Versez la préparation dans des petits moules ou des ramequins beurrés et faites cuire au four 20 minutes. Vérifiez la cuisson avec la lame d'un couteau : elle doit ressortir propre.

NOTE Vous pouvez préparer de la même manière des muffins aux cassis ou aux raisins secs.

Pancakes minute au yaourt

Pour 16 pancakes
Préparation : 10 minutes
Cuisson : 5 à 6 minutes par pancake

300 g de farine avec poudre levante
75 g de sucre en poudre
3 œufs
1 pincée de sel
75 g de beurre fondu
3 yaourts
30 cl de lait

Mettez dans un saladier la farine et le sucre, ajoutez les œufs entiers, le sel, le beurre fondu, les yaourts et le lait. Mélangez au fouet jusqu'à ce que la préparation soit bien homogène. Faites cuire les pancakes 2 à 3 minutes de chaque côté dans des petites poêles ou des poêles à blinis graissées avec un peu de beurre ou d'huile ; ils doivent être dorés. Servez-les bien chauds avec du miel, de la confiture, du sirop d'érable, de la crème fraîche, des œufs au bacon.

Faisselle au coulis de fruits

Quoi de meilleur que du fromage blanc en faisselle très frais, servi avec un coulis de fruits ? Pour préparer un bon coulis, épluchez des fruits de saison bien mûrs et mixez-les avec du jus de citron et un peu de sucre.

Œufs au bacon

Faites dorer des tranches de bacon (2 par personne) dans une poêle antiadhésive. Cassez 2 œufs par-dessus et faites cuire 5 minutes à feu doux. Salez légèrement, poivrez et saupoudrez de piment d'Espelette.

ANNEXES

PÊLE MÊLE, LES DERNIERS TRUCS

DÎNER BRÛLÉ...

Inutile d'envoyer un SOS de détresse si le rôti est carbonisé, de lancer un regard noir à votre ami qui a cassé ce ravissant verre en cristal ; n'appelez pas tout de suite le Samu pour un petit bobo ménager, n'enfermez pas à la SPA le setter de votre copine qui a dévoré tout le jambon, ne vous transformez pas en teinturière professionnelle si votre voisin a renversé son verre de vin sur votre jolie nappe damassée, auparavant blanche immaculée... En un mot, gardez votre calme, cachez votre contrariété... mais essayez de réparer les dégâts au plus vite. Rôti brûlé : avouez l'avoir oublié dans le four à cause d'un coup de fil longue durée avec votre meilleure copine. Si vous êtes en ville, appelez la pizzeria du coin qui assure une livraison immédiate ou le petit traiteur chinois juste en bas de chez vous. Ça ne fera pas oublier le rôti, mais vos invités riront avec vous de cette dînette improvisée. Si vous vivez à la campagne, foncez chez votre charcutier préféré, en multipliant les prières pour qu'il soit encore ouvert. Si le rideau de fer est déjà tiré, retour à la maison direction le congélateur ou le placard à provisions. L'occasion idéale de goûter à l'une de ces conserves de qualité qu'on achète sur le marché en se disant qu'elles dépanneront bien un jour où l'autre.

GARDE-MANGER & CO

Au frigo : Ayez toujours dans votre réfrigérateur du pain et du beurre, un poulet et des légumes verts. Dans le placard : boîtes de conserve. Il en existe aujourd'hui de très bonne qualité, surtout dans les bocaux en verre, chutneys et sauces variées, lentilles et tomates, maïs en grain, thon, etc.

EN CAS DE BOBOS

Quand vous recevez des amis chez vous, il y a parfois un malade un peu imaginaire, un gros mal de tête, une copine enrhumée qui arrive avec le nez qui coule ! J'ai donc une pharmacie miniature à la maison, sans oublier brosses à dents, dentifrice, brosses à cheveux, coton... bref, des trousses de toilette complètes, qui seront très appréciées des têtes en l'air ou de ceux qui sont arrivés chez vous en partant... de leur bureau !

HABILLEZ VOS AMIS

L'entrée de la maison se transforme alors en succursale d'une boutique de vêtements : chapeaux de paille, casquettes, feutres, cabans et capes, imperméables et cirés, châles et écharpes. Il vous est sûrement arrivé de retrouver dans la maison pulls, pashminas, tee-shirts perdus, sans propriétaire et sans adresse de retour. Triez le tout, par genre, dans des paniers, où chacun trouvera son bonheur l'été suivant... ou le retrouvera après l'avoir cherché pendant des mois ! Bottes, chaussures de sport, chaussettes et bas de laine sont aussi à disposition des invités, car on a toujours une amie qui vient à la campagne en talons hauts : pas très pratique pour la balade sur la plage ! Sans oublier les raquettes de tennis, pas forcement le dernier modèle, bien sûr, mais très utiles quand il s'agit de faire le quatrième.

LA CHARTE SPÉCIAL ADOS

Recevoir des ados, c'est être prête à retrouver les serviettes de plage trempées sur les fauteuils du salon, les affaires de sport en vrac aux quatre coins de la maison, entendre les portes qui claquent alors que vous commencez votre sieste, ne plus reconnaître votre salle à manger transformée en boîte de nuit. Mais le pire vous attend le lendemain matin, lorsque vous découvrez que les lumières du couloir ont brûlé toute la nuit, que les cendriers pleins, les verres sales et les bouteilles vides sont la nouvelle déco de votre salon et que les bougies aux flammes encore vacillantes n'ont toujours pas dissipé l'odeur de tabac froid qui flotte dans l'air. Pour le bon ordre de la maison pendant les vacances, inspirez-vous de la charte que Sacha Guitry avait instaurée pour ses amis. Rédigez donc une petite note de bienvenue avec quelques recommandations : si possible éviter de petit-déjeuner vers midi et demie avec des tartines de Nutella, de piller les laitages du frigo à l'heure du goûter, d'engloutir les trois pains prévus pour le dîner avec les confitures maison et ce qui reste de la plaque de beurre. Même en horaires vacances, éviter les dîners vers 23 heures, lorsque la maîtresse de maison n'a qu'une envie... aller se coucher.

PENSE-BÊTE

Merci à Sybille qui m'a donné cette très bonne idée, car je ne connais rien de plus répétitif que de faire les menus. Mon amie demande à chacun sa recette préférée qu'elle recopie immédiatement dans son livre. Je n'ai pas manqué de l'imiter. De même, j'ai dans mon bureau un livre pense-bête dans lequel je consigne les habitudes des uns et des autres, comme Patrick qui aime croquer une pomme avant de se coucher, ou Fabienne qui dort par - 10°, toutes fenêtres ouvertes. Inutile d'allumer son radiateur deux heures avant son arrivée !

LE LIVRE D'OR

N'oubliez pas le traditionnel livre d'or. Pour certains, c'est un pensum, donc prévenez vos amis le matin du départ qu'un simple paraphe ne suffit pas et qu'un petit mot s'impose. Par la suite vous pourrez coller des photos prises pendant le week-end afin d'immortaliser ce moment (votre moment scrapbooking), car rien n'est plus rasoir que de feuilleter un livre d'or sans parvenir à mettre un visage sur une signature illisible ! Enfin, n'oubliez pas de remercier vos amis qui vous ont apporté bougies parfumées, thé, et autres douceurs et de leur réserver votre plus beau sourire quand ils partent...

TABLE DES RECETTES

Garden-party

Sangria rose 16
Pamplemousse coco 16
Pacifique 16
Rouge désir 16
Pomme poire passion 16
Verveine oranger 16
Brochettes de pêches et serrano 20
Tartines de chèvre frais et avocat 20
Tartines de chèvre frais et fraises 20
Les sablés de Bonne-Maman 20
Poivronade 22
Fromage blanc au curry 22
Guacamole 22
Brochettes tomate, feta et melon 22
Concombre tapenade et concombre tarama 24
Œufs brouillés à la piperade 24
Le pan con tomato de Cléophée 24
Taboulé de lentilles à la menthe 26
Cesar salad 26
Salade très verte 26
Salade de fusilli au poulet 26
Salade de pommes de terre aux herbes 28
Salade de bulgour et poulet au cumin 28
Salade de riz au lait de coco 28
Taboulé aux herbes 28
Poulet aux deux citrons 32
Poulet à la crème d'herbes 32
Poulet au miel de Vauville 32
Tarte au curry de bœuf 36
Tarte aux courgettes 36
Tartelettes chèvre et tomate 36
Le jambon grillé 38
Le gigot qui pleure 38
Rôti de porc caramélisé 38
Rosbif à la crème d'anchois 38
Blanquette de veau 40
Blancs de volaille marinés 40
Lapin moutarde à l'estragon 40
Poulet tikka 40
Aubergines en pizza 42
Ratatouille express 42
Tian de légumes 42
Gâteau de carotte à la coriandre 42
Brochettes de porc et pruneaux 44
Brochettes d'agneau 44
Sauce Pampa 44
Sauce tomato-coco 44
Quatre compotes de fruits 46
Moelleux aux poires et aux pistaches 52
Tatin caramélisée à la mangue 52
Crumble aux prunes et aux noisettes 52
Tarte à la ricotta et aux oranges 56
Salade d'agrumes à la fleur d'oranger 56
Gâteau fromager 56
Cappuccino glacé 60
Flan à la banane et cardamome 60
Charlotte aux biscuits roses 60

Escapade à la plage

Rillettes de saumon 66
Rillettes de maquereaux 66
Rillettes de sardines 66
Rillettes de thon 66
Terrine de lapin à la sauge 68
Cake aux trois poivrons 70
Cake au fromage de chèvre 70
Cake aux lardons et aux olives 70
Cake au jambon et piment d'Espelette 70
Sandwich Saint-Moret et saumon fumé 74
Sandwich avocat, citron vert, Tabasco et crevettes 74
Sandwich tomate, bacon grillé, Saint-Moret, moutarde et basilic 74
Sandwich tomate, jambon et tapenade verte 74
Sardines grillées 74
Maquereaux grillés 74
Clafoutis raisins, pommes et noix 76
Quatre-quarts au citron 76

Ce soir, c'est fête

Verveine Coco 88
Lassi à la rose 88
Thé vert gingembre 88
Melon concombre 88
Petites brochettes Khotao 92
Terrine de poisson en gelée d'herbes 92
La mousse de crabe de Paul 92
Courgettes à l'estragon 96
Velouté de poivrons aux moules 96
Avocat au lait de coco 96
Velouté de betterave à l'orange 98
Tagliatelles de courgettes 102
Salade de pommes de terre 102
Méli-mélo de roquette et bœuf au sésame 102
Kedgeree 106
Bricks au fromage 106
Curry d'agneau au lait de coco 106
Cocotte de calamars au chorizo 108
Pintade rôtie et sa compote aux épices 110
Clafoutis aux légumes de Provence 114
Crumble de tomate au parmesan 114
Papillons aux brocolis et tomates cerises 114
Abricots rôtis au romarin 118
Mille-feuille glacé à la pomme verte 118
Salade de pêches au lait de coco 118
Melon, kiwis et fraises 122
Fraises à la verveine 122
Pêches à l'Amaretto 122
Petits pots de riz au lait à la vanille 126
Vacherin 126
Délice rose framboise pistache 126

Dîner aux chandelles

Le plateau de fruits de mer 136
Crabe vapeur 136
Bar blanc sauce aux amandes 140
Moules à la corse 140
Homard aux herbes 140
Terrine de foie gras 142
Chutney de fruits 142
Canard aux pommes de Guillaume 146
Gigot aux échalotes confites 146
Filet de marcassin aux airelles 150
Méli-mélo de fruits et légumes 150
Faisans aux pommes et aux kumquats 150
Le plateau de fromages 152
Neige au coulis de pêche 156
Crumble glacé chocolat framboise 156
Glace au basilic et giboulée de griottines 160
Crème légère châtaigne et chocolat 160
Poires au vin rouge et à la cannelle 160

Goûters et douceurs

Irish coffee 168
Vodka fruits rouges 170
Le Blue Lagoon 170
Limoncello 170
Le Campari orange de Riquet 170
Vin d'orange 170
Confiture de vieux garçon 170
Granita de café 170
Granita de verveine 170
Cookies au chocolat 174
Fondant au chocolat 174
Tarte au citron 178
Tarte à la rhubarbe 178
Tarte au chocolat d'Éric 178
Rochers à la noix de coco 180
Les madeleines à la lavande 180
Biscuits aux noix de macadamia 180
Petits palmiers à la cannelle 180
Œufs brouillés aux œufs de saumon 184
Porridge à la crème 184
Muffins aux myrtilles 184
Pancakes minute au yaourt 184
Faisselle au coulis de fruits 184
Œufs au bacon 184

INDEX DES RECETTES

Amuse-bouches

Brochettes de pêches et serrano 20
Brochettes tomate, feta et melon 22
Concombre tapenade et concombre tarama 24
Le pan con tomato de Cléophée 24
Les sablés de Bonne-Maman 20
Œufs brouillés à la piperade 24
Petites tomates farcies aux herbes 24
Tartines de chèvre frais et avocat 20
Tartines de chèvre frais et fraises 20
Terrine de foie gras 142

Cocktails, liqueurs etc.

Confiture de vieux garçon 170
Granita de café 170
Granita de verveine 170
Irish coffee 168
Lassi à la rose 88
Le Blue Lagoon 170
Le Campari orange de Riquet 170
Limoncello 170
Melon concombre 88
Pacifique 16
Pamplemousse coco 16
Pomme poire passion 16
Rouge désir 16
Sangria rose 16
Thé vert gingembre 88
Verveine Coco 88
Verveine oranger 16
Vin d'orange 170
Vodka fruits rouges 170

Salades

Cesar salad 26
Salade de bulgour et poulet au cumin 28
Salade de fusilli au poulet 26
Salade de pommes de terre aux herbes 28
Salade de riz au lait de coco 28
Salade très verte 26
Taboulé aux herbes 28
Taboulé de lentilles à la menthe 26

Poissons et fruits de mer

Bar blanc sauce aux amandes 140
Cocotte de calamars au chorizo 108
Crabe vapeur 136
Œufs brouillés aux œufs de saumon 184
Homard aux herbes 140
Kedgeree 106
La mousse de crabe de Paul 92
Maquereaux grillés 74
Moules à la corse 140
Petites brochettes Khotao 92
Sardines grillées 74
Terrine de poisson en gelée d'herbes 92
Velouté de poivrons aux moules 96

Viandes

Blancs de volaille marinés 40
Blanquette de veau 40
Brochettes d'agneau 44
Brochettes de porc et pruneaux 44
Canard aux pommes de Guillaume 146
Curry d'agneau au lait de coco 106
Œufs au bacon 184
Faisans aux pommes et aux kumquats 150
Filet de marcassin aux airelles 150
Gigot aux échalotes confites 146
Lapin moutarde à l'estragon 40
Le gigot qui pleure 38
Le jambon grillé 38
Méli-mélo de roquette et bœuf au sésame 102
Pintade rôtie et sa compote aux épices 110
Poulet à la crème d'herbes 32
Poulet au miel de Vauville 32
Poulet aux deux citrons 32
Poulet tikka 40
Rosbif à la crème d'anchois 38
Rôti de porc caramélisé 38
Terrine de lapin à la sauge 68

Légumes

Aubergines en pizza 42
Avocat au lait de coco 96
Clafoutis aux légumes de Provence 114
Courgettes à l'estragon 96
Crumble de tomate au parmesan 114
Gâteau de carotte à la coriandre 42
Méli-mélo de fruits et légumes 150
Papillons aux brocolis et tomates cerises 114
Ratatouille express 42
Salade de pommes de terre 102
Tagliatelles de courgettes 102
Tian de légumes 42
Velouté de betterave à l'orange 98

Cakes, tartes et sandwichs

Cake au fromage de chèvre 70
Cake au jambon et piment d'Espelette 70
Cake aux lardons et aux olives 70
Cake aux trois poivrons 70
Rillettes de maquereaux 66
Rillettes de sardines 66
Rillettes de saumon 66
Rillettes de thon 66
Sandwich avocat, citron vert, Tabasco et crevettes 74
Sandwich Saint-Moret et saumon fumé 74
Sandwich tomate, bacon grillé, Saint-Moret, moutarde et basilic 74
Sandwich tomate, jambon et tapenade verte 74
Tarte au curry de bœuf 36
Tarte aux courgettes 36
Tartelettes chèvre et tomate 36

Sauces

Chutney de fruits 142
Fromage blanc au curry 22
Guacamole 22
Sauce aigre-douce 44
Poivronade 22
Sauce Pampa 44
Sauce tomato-coco 44

Fromages

Bricks au fromage 106
Les fromages frais 48
Le plateau de fromages 152
Faisselle au coulis de fruits 184

Douceurs

Abricots rôtis au romarin 118
Biscuits aux noix de macadamia 180
Cappuccino glacé 60
Charlotte aux biscuits roses 60
Clafoutis raisins, pommes et noix 76
Cookies au chocolat 174
Crème légère châtaigne et chocolat 160
Crumble aux prunes et aux noisettes 52
Crumble glacé chocolat framboise 156
Délice rose framboise pistache 126
Flan à la banane et cardamome 60
Fondant au chocolat 174
Fraises à la verveine 122
Gâteau fromager 56
Glace au basilic et giboulée de griottines 160
Madeleines à la lavande 180
Melon, kiwis et fraises 122
Mille-feuille glacé à la pomme verte 118
Moelleux aux poires et aux pistaches 52
Muffins aux myrtilles 184
Neige au coulis de pêche 156
Pancakes minute au yaourt 184
Pêches à l'Amaretto 122
Petits palmiers à la cannelle 180
Petits pots de riz au lait à la vanille 126
Poires au vin rouge et à la cannelle 160
Porridge à la crème 184
Quatre compotes de fruits 46
Quatre-quarts au citron 76
Rochers à la noix de coco 180
Salade d'agrumes à la fleur d'oranger 56
Salade de pêches au lait de coco 118
Tarte à la rhubarbe 178
Tarte à la ricotta et aux oranges 56
Tarte au chocolat d'Éric 178
Tarte au citron 178
Tatin caramélisée à la mangue 52
Vacherin 126

REMERCIEMENTS DES AUTEURS

Cléophée de Turckheim remercie Isabelle de Boisguilbert, Emilienne, Nicole et Hans, Matthias, Clara, Cécilia, Goswin, Siegfried, Julia, Gawain, Géraldine, Olivier, Victoire, Elodie, Marie-Astrid, Charlotte, Jérôme, Yohan, Emma, Anne-Charlotte, Gricha, Nina, Aude, Nicolas, Louis, Solène, Marie-Margaux, Alexandra, Yann, Johanna, Adriana et tous ceux qui ne sont pas sur les photos mais qui sont là tous les été depuis 10 ans. Sans eux, ce livre n'aurait pas de raison d'exister.

Nathalie Le Foll remercie Isabelle, Pierre, Victoire et Charlote de Boisguilbert. Jeannine Coureau, Florence Étave, Émilienne et le champagne Laurent-Perrier.

SHOPPING & BONNES ADRESSES

SAMARITAINE. Plats, pages : 31, 45. Faitout en métal émaillé, page 41. Cocotte Le Creuset, page 43. Plateau, page 58. Boîtes en métal, pages 67, 73. Cassolette, page 93. Pelle à tarte, page 131.
PRINTEMPS. Vaisselle, pages 19, 115, 159. Plateau, pages 113, 117. Assiette Vivienne Westwood, page 141.
LE BON MARCHE RIVE GAUCHE. Vaisselle, pages 29, 43, 138. Serviettes, pages 43, 115, 139, 155, 165, 170. Nappe, page 81.
THE CONRAN SHOP. Serviette de toilette, page 7. Vaisselle, pages 27, 29, 39, 41, 49, 83, 167. Cocotte Staub, page 41. Chapeau, pages 65, 72. Radio, page 65. Pique en métal, page 75. Verres, pages 158, 170.
ASTIER DE VILATTE. Cuillères, pages 29, 31, 123. Verres, pages 88, 116, 121, 123, 170. Vaisselle, pages 91, 99, 119, 137, 139, 153. Gobelets, page 174. Cartes à jouer en céramique, page 174.
BRUNSCHWIG & FILS. Tissus et papiers peints, pages 21, 23, 25, 27, 41, 55, 145, 154, 155, 157, 158, 176.
AU FIL DES COULEURS. Papiers peints, pages 4, 49, 167.
TWO'S COMPANY. Assiette, 54. Plat, page 127, 147.
ARC INTERNATIONAL. Verres, page 91, 130, 131, 139.
LES TOURISTES. Assiettes, page 100. Plateau, page 125.
TERRITOIRE. Epuisette, page 65. Couteaux, pages 71. Porte-revue, page 185.
HOME AUTOUR DU MONDE. Chien en résine, page 84. Assiette et mug, page 174.
COTE BASTIDE. Vaisselle, pages 23, 37, 39. Cuillère, page 116, 153.
JEANNINE CROS. Nappes, pages 19, 23, 25, 30, 31, 33, 34, 39, 43, 45, 54, 59, 91, 101, 112, 113, 119, 121, 124, 125, 141, 153. Torchons, pages 35, 50, 51.
PARIS MUSEES. Bols, pages 39, 96. Plat en fonte d'aluminium, page 41. Louche, page 55. Pichet et gobelet en métal, page 89.
AM. PM. LA REDOUTE. Coupe et verres, page 17, 55. Vaisselle, pages 29, 109. Nappe, page 29, 39.
MAISON DE FAMILLE Couverts, pages 39, 50, 103, 141. Pichet, page 91. Coupelle, page : 94. Assiette, page 103, 137. Gobelet, page 166.
FLAMANT. Cloche, page 19 et 35. Plats, page 21, 125, 177. Saucière, page 120. Chandeliers, page 135.
RESONANCES. Valise, page 65, 71. Plateau à fruits de mer, page 137.
NATURE & DECOUVERTES. Flasque, page 65. Bouteille isotherme, page 65. Lampe tempête, page 65.
OLD ENGLAND. Plaid, page 65, 71. Valises, page 189.
LA PARESSE EN DOUCE. Cuillère, pages 29, 53. Couverts à salade, page 39. Nappes, pages 94, 95, 103, 120, 123, 130, 131, 138, 172.
QUARTZ. Assiettes et coupelle, page 143.
IKEA. Plat, page 111.
C.M.O. Tissus, pages 89, 104, 105, 107, 109, 111, 127, 151.
SENTOU. Miroir détourné en plateau et verres indiens, page : 81.

SAMARITAINE. 19, rue de la Monnaie, 75001 Paris.
PRINTEMPS. 64, boulevard Hausmann, 75009 Paris.
LE BON MARCHE RIVE GAUCHE. 24, rue de Sèvres, 75007 Paris.
THE CONRAN SHOP. 117, rue du Bac, 75007 Paris.
ASTIER DE VILATTE. 173, rue Saint Honoré, 75001 Paris.
BRUNSCHWIG & FILS. 8, rue du Mail, 75002 Paris.
AU FIL DES COULEURS. 31, rue de l'Abbé Grégoire, 75006 Paris
TWO'S COMPANY. Rens. Au 03 81 39 79 03.
ARC INTERNATIONAL. 6, place des Etats Unis, 75016 Paris.
LES TOURISTES. 17, rue des Blancs Manteaux, 75004 Paris.
TERRITOIRE. 30, rue Boissy d'Anglas, 75008 Paris.
HOME AUTOUR DU MONDE. 8, rue des Francs Bourgeois, 75004 Paris.
COTE BASTIDE. 4, rue de Poissy, 75005 Paris.
JEANNINE CROS. 11, rue d'Assas, 75006 Paris.
PARIS MUSEES. 29 bis, rue des Francs Bourgeois, 75004 Paris.
AM. PM LA REDOUTE. Rens. Au 0892 350 350.
MAISON DE FAMILLE. 10, place de la Madeleine, 75008 Paris.
FLAMANT. 8, rue de l'Abbaye, 75006 Paris.
RESONANCES. Rens. Au 01 30 97 88 44.
NATURE & DECOUVERTES. Carrousel du Louvre. 99, rue de Rivoli, 75001 Paris.
OLD ENGLAND. 12, Boulevard des Capucines, 75009 Paris.
LA PARESSE EN DOUCE. 97, rue du Bac, 75007 Paris.
IKEA. Rens. Au 0 825 826 826.
QUARTZ. 12, rue des Quatre-Vents, 75006 Paris.
C.M.O., rue Chabanais, 75002 Paris.
SENTOU. 26, boulevard Raspail, 75007 Paris.

Graphisme des ouvertures et mise en page : Émilie Greenberg
Relecture : Véronique Dussidour et Philippe Rollet

ISBN : 2501-04372-3
Codification : 4093266 /01
Dépôt légal : juin 2005 / 58768

Imprimé en Italie par Rotolito.